小学館文庫

大阪マダム、後宮妃になる！

小学館

Osaka Madame Kokyu-hi ni naru

目次

大阪マダム、後宮妃になる!

登場人物

大阪マダム、後宮妃になる！

Osaka Madame Kokyu-hi ni naru
CHARACTERS

典嶺《てんれい》
凰朔国の前帝。故人。

秀蘭《しゅうらん》
凰朔国の皇太后。

最黎《さいれい》
天明の兄。故人。

天明《てんめい》（亮《りょう》）
凰朔国の皇帝。

乍颯馬《さくそうま》
天明の腹心の部下。

後宮

鴻蓮華《こうれんか》（鴻徳妃）
豪商の令嬢。前世の記憶を持つ。

陽珊《ようさん》
蓮華の侍女。

朱燐《しゅりん》
新しい下働きの娘。

陳夏雪《ちんかせつ》（陳賢妃）
大貴族の令嬢。

遼淑妃《りょうしゅくひ》
正一品の一人。

劉貴妃《りゅうきひ》
正一品の一人。

開幕戦　大阪マダム、後宮へ入る!

一

「理想の男性……そりゃあ、バースですわ」

そう答えてしまったあとに、鴻蓮華《こうれんか》は両手で口を押さえた。確認すると、隣を歩く侍女が冷めた面持ちでこちらを見ている。

「蓮華様」

「はい、なんですか?」

侍女の陽珊《ようさん》は小うるさい。蓮華は笑顔で誤魔化《ごまか》しながら、口調がまずかったことを反省した。

「馬阿巣《ばあす》とは、どなたですか?」

「なんや、そっちに対するツッコミかい……いや、ですか」

「もちろん、お言葉が妙にお訛《なま》り遊ばしている点も見逃してはおりません」

「ほんと、すんません。抜けきらへんのですわ」

「また……」

「あ……」

陽珊に指摘されて、蓮華はくしゅんと肩を丸める。

すると、うんと着飾った自分の衣装が目に入った。

絹織りの美しい襦裙《じゅくん》である。朱色の生地に金糸の孔雀《くじゃく》模様は、単純に言って豪華で目立つ。頭の上では長い黒髪が高髻《こうけい》を作っており、金の簪《かんざし》が何本も挿さっていた。翡翠《ひすい》の耳飾りや首飾りも、ずっしりと重い。

陸の貿易大国と謳《うた》われる凰朔《おうさく》国随一の豪商・鴻家の令嬢にふさわしい装いだろう。

鏡をのぞけば、きっと上等な美女が映るはずだ。自画自賛のようだが、目元がキリッと涼やかで、シュッとした顔立ちの「別嬪《べっぴん》さん」である。これが自分の顔だなんて、最初は信じられなかった。

そろそろ慣れんとなぁ。郷に入っては郷に従え。せやけど、慣れんもんは慣れん。

「陽珊？」

「なんでしょう、蓮華様」

「前世の記憶って、信じますか？」

「は……？」

「あはは、冗談ですわ」

鴻家の令嬢として生まれた蓮華には、前世の記憶がある。冗談のような話だが、本当だ。べつの世界で生きて死んだ、別人の記憶が残っている。

蓮華の前世は日本という国で生まれた。大阪府民として生まれ、難波《なんば》で育ち、そして……道頓堀《どうとんぼり》で死んだ。三十三歳だった。

シングルマザーの母親に育てられ、それなりに自立した人生を歩んでいたと思う。女友達からは「アンタ、しっかりしすぎとって男も寄りつかへんわ」と評されるほどであった。反発心はあったが、悲しいかな。その言葉のとおり、独身だった。

前世の幕切れは、悲しいものだ。

阪神タイガースの試合を行きつけの飲み屋で観戦するのが生き甲斐であった。その日は、なんと言っても外せぬ試合。なんとなんと、日本シリーズでの優勝がかかった大一番であった。

前世の自分はいつものように飲みに出て、手に汗握りながら観戦した。いやあ、いい試合やった。カウンターで隣に座っていたおっちゃんや、店内の兄ちゃんらとすっかり意気投合してしまう。全然、知らん人らやったけど。

そして、優勝！

テンションがあがった前世の自分は、その日知りあったばかりの兄ちゃんらと肩を組んで店外へ。

難波の街は歓喜にわく大阪府民であふれかえっていた。ボルテージが大いにあがり、みんな浮かれポンチや。右を見ても左を見ても、酔っ払いしかおらん。

そやから、正気を失ったアホもいっぱいおった。

あろうことか、若い兄ちゃんたちが担いできたのは――どこかの店舗から強奪してきたカーネル・サンダースだったのだ。道頓堀へ投げ入れようと、戎橋《えびす》を進んでいるではないか。

カーネル・サンダースである。そう。カーネル・サンダース！

それだけは、あかん！

カーネル・サンダースを道頓堀に投げ入れたら呪われる。そんなことも知らんのか、このあほんだらどもが！　前に、何年阪神が悩んでたと思ってんねん！　だいたい、今の阪神にバースはおらんし、うちはカーネル・サンダースとバースは似てると思ってへんで！　あと、そのカーネル・サンダースどっから連れてきたんや!?

前世の蓮華は全大阪府民のため、そして、全阪神ファンのために、投げ入れられそうになるカーネル・サンダースを止めようと、橋の上に立った。全身で受け止めてやる。なんとしても、守ったる！　元少年野球のピッチャー舐《な》めたらあかんで！

しかしながら、若い男衆VSアラサー女。勝負は目に見えていた。

そのまま押し負けて蓮華は、戎橋の上から道頓堀へグリコのポーズで落下したのだ。

カーネル・サンダースの代わりに。

落ちてから思い出したことがある。

あ、うち泳がれへんかった。

いや、うちもアホやと思うねん。あんなヘドロのたまった川に飛び込むなんか、正気の沙汰やない。男どもを相手にしたら、押し負けるんも当然や。しかも、泳がれへんのに。せやけど、正気やなかったんや。ま、しゃあないやろ。条例で禁止されてへんし、カーネル・サンダースを救ったんやから、勘弁してや。

結果、死んで鴻家の令嬢として転生したのだから、そんなものは言い訳にすぎないのだが。京都の人間は清水《きよみず》の舞台から飛び降りる覚悟とは言うが、まさに道頓堀に飛び込んで死んでしまった。二度目の人生があったのは、助けたカーネル・サンダースが慈悲をかけてくれたからかもしれない。知らんけど。

そんな前世の記憶が戻ったのは、実に二年前。蓮華が十四歳のときであった。

「なんのために、侍女の私にまで敬語なのです。練習ではなかったのですか。お屋敷では大目に見られておりましたが、あなた様はこれから後宮の妃となるのです。私が教育係兼お世話役として任命されたからには、しっかりとしていただきますからね」

「はいはい。わかってますよー」

「返事は一度で結構でございます」

敬語を心がけるが、ついつい口調から関西弁が抜けきらない。陽珊はそれを窘《たしな》めているのだ。もとはと言えば、蓮華から練習を提案したというのに、情けのない話である。

蓮華はつかれて肩を回しながら、廊下の先に視線をやった。

十両編成の電車並みに長い廊下は果てしない。朱色の柱や真っ白の土壁が鮮やかで、目が冴《さ》える。硝子《ガラス》の代わりとして窓にはまった木の彫刻は、とても細かいデザインだ。いちいち赤や緑で塗装されており、なんとも成金っぽい……いや、絢爛《けんらん》豪華。

ここは国の中心。宮廷の一部——後宮の世界であった。

商家に生まれた蓮華には縁遠いと思っていた場所だ。

「蓮華様に旦那様は多大な期待をされております。この後宮で主上《しゅじょう》の寵愛《ちょうあい》を勝ち得ていただかなくては困るのに……馬阿巣とは、なんですか。それが好みの男性なのですか？」

「結局、話題戻すんかい！　……すんません。ツッコミを入れたくなりましたわ」

「すんませんではありません。すみません、です」

「すみませんわ」

「訛っております。どこで覚えたのですか……昔は大人しくて礼儀正しいお嬢様でしたのに……先が思いやられます」

陽珊の眉がピクピクと引きつっている。

「本当にすみません」

蓮華は気を引きしめて、しゃんとする。蓮華だって前世では接客業に従事していたのだ。社会人としてのたしなみはしっかりしているつもりだ。たぶん。

居酒屋たこ焼きチェーンの社員であった。正社員の店長だ。雇われの身だったが、赤字だった店舗をV字回復させた実績がある。

店は観光客の獲得を第一目標に設定し、従業員への関西弁教育を徹底した。やはり、大都会大阪ともなると、別の地方から来た人間も多い。また、関西圏に住んでいても、地域によって少しずつ異なるのだ。自身も含め、プライベートからコッテコテを目指した。そのためか、転生した現在でも染みついてしまっている。

生まれも育ちも大阪。

そんな前世の人格を形成したのは、まちがいなく母親の影響だろう。女手一つで前世の自分を育ててくれた偉大な母である。幼少期は朝から晩まで、往年の阪神タイガースの名試合を見せられたのも、いい思い出だ。

今でもまぶたを閉じれば、パンチパーマの紫髪がトレードマークだった母の姿が浮かぶ。前世の蓮華を自立した女性に育ててくれたのは、まちがいなく大阪の母――オカンである。買い物で値切る礼儀作法や、特売での立ち回り、野菜の活用法、節約美容健康法などなど、生活のいろはを叩《たた》き込まれていた。

蓮華も、あんな風にたくましい女性になりたい。ああ、オカン……うちがカーネル・サンダース守って死んだこと、褒めてくれてるかなぁ。オカンって呼ぶと「マダムて呼びや！」とかなんとか、怒られたけど。大阪マダム。そう、大阪のオバハンやない。大阪マダムや。完璧に自称やけどな。

蓮華が前世を思い出したのは十四歳の時分である。

それまでは、大人しくて虫も殺さぬ深窓の令嬢だった。両親からたっぷりの愛情を注がれ、贅沢《ぜいたく》な品々に囲まれて育った典型的なお嬢様。

そんなあるとき、謎の高熱におかされた。もうろうとする意識の中で、蓮華は前世の記憶を初めて自覚したのである。

前世を思い出すと……蓮華は自らの生活に違和感しかなかった。

贅沢な品々に囲まれた部屋。家族だけでなく、家人にまで浪費癖がついている。それなのに、赤字を出している事業がいくつか。

どうして、今までの蓮華はなにも感じなかったのだろう。

わかる。

状況はずいぶんとちがうが、これは赤字だった前世の店舗と同じだ。テコ入れしなければ、鴻家はいずれ傾いてしまう。それは数年後かもしれないし、十年後かもしれない。じわじわと追いつめられるのが目に見えた。

なんとかせなあかん！

立ちあがった蓮華の行動は早かった。まず、家人や家族についた浪費癖を指摘する。削れるところを極限まで削って、費用を浮かせなければならない。

みんな唐突に関西弁を話しはじめた蓮華に驚いていたが、そんなものは些事《さじ》だった。ものすごい剣幕で節約の必要性をまくし立てる蓮華の勢いに押し負ける。その威勢が買われて、鴻家の父親から「では、店を一つくれてやろう」と言われた。

父としては「新しい娘の玩具《おもちゃ》」として与えたという感覚だっただろう。そこも慢心ゆえの行動なので、蓮華には不安だった。

だがしかし、蓮華は本気だ。そして、チャンスでもある。

イケると思ったら、本気でやるのが大阪のオカンのモットーだった。

店舗の赤字を回復したときも、カーネル・サンダースを救ったときも、前世では常に本気だった。今世、鴻蓮華としての人生でも貫きたい。

それが大阪マダムたるオカンの教えだ。強くたくましい女になると決めたのである
……ただのオバチャン根性やない。清く賢い大阪のマダムや！

あと、やっぱり蓮華は商売が好きだった。接客も好きだ。前世では、資金を貯《た》めて独立する夢があった。小さくていいから、自分の店が持ちたい。それも志半ばで断た

れてしまったのだ。商家の鴻家に生まれたのは、きっとご褒美だ。これからは、思う存分、商いをして生きろと神様が言っているにちがいない。そやったら、やってやろうやないか！

蓮華が鴻家の父からゆずり受けたのは、小さな飲食店であった。赤字が続き、いつつぶれてもおかしくない。むしろ、つぶすつもりなので娘にゆずったのだろう。

大通り沿いで、立地は悪くない。メニューは凰朔国の伝統的な麺料理を出す店だった。味は普通である。が、値段が高い。品数もメインと飲み物程度だ。こんな一品料理の店に金持ちは来ない。鴻家は貿易メインで、店舗経営は不得手だ。

蓮華は、まずメニューの改善をした。高すぎる値段をさげ、味のバリエーションを増やす。内装も庶民が利用しやすいように華美なものは取り外した。店の格式をさげる行為には反対の声もあったが、蓮華は無視する。

せっかくのロケーションなのだ。人をたくさん呼んで回転率をあげたほうがいい。代わりに、二階席を特別待遇のVIPルームにして、金持ちはそちらへ通すことにした。二階席では麺料理をメインに据えたフルコースを提供する。

従業員たちには接客でのあいさつや所作を徹底した。お客が来たら「いらっしゃいませ！」、お帰りの際は「まいどあり！」。お会計時には、全員に個包装にした飴《あめ》ちゃんも渡す。これも評判がよかった。

コツコツと努力した結果、蓮華がまかされた店は半年で大繁盛。一年後には支店を出すことが決まった。

これから、まだまだ店は大きくなれる。支店には大きめの鉄板を発注しておいた。お好み焼きや焼きそばが作れるはずだ。幸い、凰朔国には質のいい麦があり、製粉技術も高い。粉もんを作るには最適であろう。

鴻家の人間も蓮華の手腕を認めてくれた。商才があると絶賛され、みんな蓮華の提案した節約術も実践するようになる。

このままいけば……きっと、大阪のオカンのように立派なマダムになれるはずだ。

しかしながら、蓮華の商才を認めた鴻家の父は……蓮華にさらなる期待をかけた。

「その調子で後宮へ入り、主上の御心《みこころ》を射止めてこい！」

と、命じられたのである。ちょうど、凰朔国では前帝が崩御し、皇帝の代替わりがあった。新しく即位した天明《てんめい》帝のために、後宮が再編成されるタイミングでもある。

はあ？　アホちゃうん？　それ、自分ホンマにおもろいと思って言うてんの？

いくら蓮華に商才があっても、前世では彼氏なしのまま独身で道頓堀に落ちて死んだアラサー女子である。皇帝どころか、男を落とした記憶がない。悲しいことに、男性とおつきあいしたという経験が欠落していた。マダムもどきだ。

大阪のオカンは「バースみたいなイケメン連れておいで」と口癖のようにすり込ん

だので、蓮華も「バースみたいなイケメンはおらんからええか」と開き直っていた。顔だけなら赤星《あかほし》が好みだが。

新皇帝がバースみたいな頼りになる漢《おとこ》なら、やぶさかではないが……あいにく、そんなに世の中は都合よくいかないだろう。そこは現実を見ている蓮華である。

「期待されても困りますわ……」

必死にお嬢様言葉を使おうと努力するが、どうしても訛ってしまうのは目をつむってほしい。陽珊の視線が怖くて、蓮華は顔をそらす。

「主上が、その馬阿巣のような色男であらせられるかもしれませんよ」

「ちゃう……いや、ちがいますわ。バースは色男というよりも、漢なんですわ。ちょっとニュアンスがちゃう」

「乳餡酢《にゅあんす》？」

ついカタカナ語を使うのも、悪い癖だった。蓮華はお上品に「あはは」と笑って、誤魔化しておく。そうしているうちに、蓮華たちは目的の部屋についていた。

「ここが新居かぁ……」

狭めの個室である。と言っても、八畳のワンルームマンション程度の広さはあるので、暮らすには充分だった。仮住まいするには不自由どころか、上等である。

後宮の妃は将来、皇帝の子を産む女性である。充分な教養と健康的な身体作りが求められた。最初の三ヶ月間は妃としての位が与えられず、教育が施される。女大学と呼ばれているが、要は花嫁修業であった。蓮華は、今この状態だ。つまり、まだ妃ではなく、妃候補ということになる。

女大学での成績に応じて、後宮での位が与えられるらしい。そのあと、位に応じた殿舎に移り住む。妃候補たちの人生は、ここで決まると言っても過言ではない。

しかし、それは建前だ。結局のところは家柄や賄賂の多さで位が決定するようだ。女大学での教育は形式上のもので、あまり意味はない。

女大学を出たあとの位は一番上が正妃《せいひ》、いわゆる本命の奥さん。二番目以降は側室、簡単に言うと愛人の立場らしい。正一品《しょういっぽん》が四人、九嬪《きゅうひん》が九人、この辺りまでが一軍にあたり、その下にもズラッと序列がつく。

妃だけでも数百人。そのお世話役の侍女や宮女をあわせると、何千人という単位の女性が後宮には集められる。もちろん、一番偉いのは皇帝陛下だ。気に入った女性がいれば、位や身分に関係なく贔屓《ひいき》にしていい。いいご身分やわ。まさにハーレム。

もっとも、蓮華の場合は父親がたくさんお金を使ってくれる用意があるらしく、少なくとも上から三番目の九嬪の位にはつけそうだった。シード権を金で買うのだ。ノーシードから叩かれそうだが、そういうルールなので仕方がない。

問題はそこからあがるのは、完全に蓮華の手腕にかかっているという点で……男を落とすという能力がどういうものなのかわからない蓮華には、壁が高く感じられた。はっきり言って、やる気は低い。

カーネル・サンダースを受け止めたときほどの情熱も気合いもなかった。

「はあ……」

後宮なんて、うちの仕事やないわ……商才と色仕掛けは別物やって、なんで鴻家のお父ちゃんはわかってくれへんのや。うちは商売がしたかってん。せっかく支店も出せたのに……独立するとでも、思われたんやろか？

憂鬱なため息が出た。

二

ああ、たこ焼きを焼きたい。

くるくると回すあの感覚がなつかしかった。ふわっふわっとろっとろっの焼き加減がいい。口の中で蛸《たこ》を見つける瞬間は、まさに至高。最高の宝探しに勝った気分だった。

けれども、凰朔国にはたこ焼きの文化などない。

小麦粉はたくさん手に入った。醬油《しょうゆ》に似た調味料もあるので、ソースだって再現できる。紅生姜《べにしょうが》も実家にいるとき試作品を作った。たこ焼きプレートは、現在、鴻家のお得意先の金物屋に発注しているので、近々完成する予定である。

だが、致命的な欠落があった。

「なんで……この国には蛸がないいんや」

蓮華は思わず吐露してしまった。

凰朔国は交易の盛んな国である。

けれども、海がないのだ。海産物はたいてい乾物などに加工されて入ってくる。たこ焼きに使える茹《ゆ》で蛸《だこ》は、容易に手に入る代物ではなかった。そもそも、蛸の姿を市場で見たことがない。

探そうにも、蛸という生物は見た目が少々悪かった。「こんな海の生き物知らん？」と、商人たちに聞いても「なんだい、そりゃあ妖魔か？」などと聞き返されてしまうのだ。探してほしいと希望を伝えても、みんな怖がって請け負ってくれなかった。

丸い頭で、足が八本。まあまあ、可愛《かわい》らしいと思うねんけど……難儀やわぁ。なんで、蛸おらへんのやろう。

商売が軌道に乗ったので、そろそろ海へ探しに行こうと思っていたのに、この有様だ。後宮に放り込まれたら、商売どころか蛸探しもできない。

完全に「たこ焼きを食べたい」という蓮華の趣味であり、自己満足なのだが……天下の豪商と謳われる鴻家の力をもっても、蓮華の望みを叶《かな》えられないのか……ままならない。

「蓮華様、口調をお改めください」

「すみませんわ。独り言くらい許したって」

「お改めください」

陽珊に指摘され、蓮華は姿勢を正した。

これから、後宮の妃に必要な教養を身につけなければならない。他の妃候補たちと一緒に花嫁修業である。まずは読み書きの講義だと聞いていた。

講堂のある殿舎はとても広い。気が遠くなるほど高い柱が何本も立ち、めちゃくちゃ重そうな天井を支えている。

つり下がる灯籠も豪華な金箔《きんぱく》が貼られていた。いや、純金かもしれない。どこぞの社長の豪邸に招かれた気分だった……女大学も後宮内にあるため、皇帝様のお庭だが。

講堂に集められているのは、妃候補たちだ。

みな、まだ位がついていないので一応は序列がない。だが、貴族たちと、鴻家のような金を持った平民とで、なんとなく派閥ができている。あまり好きではない空気だ。

建前上、全員同じスタートラインに立っているのだから仲よくすればいいのに。

「そこはあなたの席ではなくてよ？」

蓮華が適当な席に腰をおろそうとすると、話しかけられた。ずいぶんと高くて鼻につく声だ。ふり返ると、そこにいたのは美少女だった。月並みな表現だが、そうとしか言いようがない。

桃色の襦裙が華やかで目を引くばかりではなかった。お団子を二つ作った黒髪が愛らしい。肌も白くて、陶器のように滑らかだった。白粉《おしろい》と頰紅《ほおべに》で飾っているが、そんなものがなくても絶世の美少女にちがいない。

「見ない顔ね。貴族ではないのでしょう？　それなら、端に座ってもらうわ」

どうやら、貴族ではない蓮華は真ん中の目立つ席に座るなという指図を受けているらしい。大きな目は気が強そうで、なんとなく喧嘩《けんか》をしかける猫のようだと思った。

「あら」

そんな美少女に話しかけられて、蓮華はつい声をあげてしまう。

「えらい可愛い娘さんですわね。私、鴻蓮華って言います。これ、お近づきの印ですわ。飴ちゃん、どうぞ」

なんとか敬語だけは保った。訛ってるけどな。

蓮華はスッと懐から飴を取り出す。お店でも配っていた鴻家の特製飴である。果実の甘みをつけ、懐紙で個包装にしているので常連さんからも大好評の自信作だ。こんなに可愛い女の子から話しかけられたのだから、渡しておかない選択肢はない。

「な……あ、飴……？」

蓮華から飴を渡された美少女は、大きな目を見開いていた。どえらい驚いている。

「蓮華様ったら……」

陽珊が頭を抱えていた。きちんと敬語を使っていたつもりなのに、おかしい。

「このような子供騙《だま》し！」

美少女は、気に入らなかったようだ。蓮華からもらった飴を、床に投げつけてしまった。

砕けた飴が、懐紙の中からコロコロと転がる。

その瞬間、蓮華の中でプツリとなにかが切れる音がした。

「食いもん粗末にするとか、どういう教育されてんねん！」

蓮華はつい声をあげてしまう。

大阪のオカンも言っていた。食べ物だけは粗末にしてはいけないのだ。飴を捨ててしまえば、それが癖になる。そうやって、どんどん粗末にするものの額が大きくなっていくのだ。それは将来的に大きな損失となる。

その教えは転生した今だって染みついていた。大阪のオカンのような立派なオバチャン……いいや、大阪マダムを目指す蓮華には見過ごせない。

しかしながら、蓮華の叱咤《しった》によって場の空気が凍りついていた。

はっきりとわかる。ここは耐えるべきであった、と。

「夏雪《かせつ》様、お怪我《けが》はありませんか！」

すぐに、美少女の侍女らしき者が二人飛んできた。

夏雪……後宮の妃候補の名前には一応、目を通している。顧客リストのようで、名前が並んでいるとつい読んでしまうのだ。

その中に、夏雪という名があった。大貴族である陳《ちん》家の令嬢だ。

とんでもない上客……ではなく、とんでもないお嬢様である。陳家は皇族にも連なる名家だ。お嬢様というより、お姫様に近い存在だろう。

身分や家柄だけで後宮の位を決めるならば、四人しかいない側室の正一品。あるいは、正妃にだってなれる妃候補だった。

「鴻蓮華でしたね……さがりなさい！」

夏雪は可愛らしい顔を歪《ゆが》めながら、蓮華にそう命令した。まったく上から目線の物言いである。まだ位が決まっていないというのに……いや、決まっていないからこそ、今は身分や家柄が序列になっているのだ。

少なくとも、夏雪はそういう環境で育ってきている。豪商の令嬢でありながら、理想の大阪マダムを目指し、赤字店舗を立てなおすなどという経歴を持つ者は、この中にはいない。もちろん、カーネル・サンダースの身代わりに道頓堀に落ちて溺れ死んだアホも。

「蓮華様、こちらへ」

蓮華に、陽珊が別の席を示した。すでに、墨と紙が並べてあり、いつでも蓮華が座れるようセッティングしてある。この場を丸くおさめるための気遣いだと悟り、蓮華は大人しくさがった。よくできた侍女だ。

「ちょっと可愛いからって……」

陽珊にしか聞こえない声で、蓮華は唇を尖《とが》らせた。

「後宮ですので、お顔がよいのはみなさま同じです。蓮華様も充分、お美しいですよ。陽珊には一番の佳人に見えます。どうか似つかわしい振る舞いをなさいませ」

今回の陽珊は少しばかり対応が優しかった。蓮華の口調も諫《いさ》めない。

よく見ると、陽珊は拳をギュッとにぎっている。笑顔も貼りつけたもので、心からのものとは言いがたかった。

陽珊だって怒っているのだ。自分が仕える家を下に見られて悔しいのだろう。

「大丈夫です。資金はたっぷりございますので」

底知れぬ気迫を感じた。「賄賂なら山のようにあるから、あんな小娘など、金で殴って黙らせろ」、そう言われているような気がして、逆に蓮華が引いてしまう。ドン引きである。鴻家の父親が彼女を侍女に選んだ理由がよくわかる。地味に野心家やわ。

「まあまあ。ほら、飴ちゃんでも食べ。甘いもん食べたら落ち着きまっせ」

蓮華が差し出した飴を、陽珊は「いただきます！」とふんだくった。けれども、

「しかし、蓮華様。お言葉遣いが乱れております」と続いたのは、いつもの陽珊らしくて安心する。

三

初日になんやかんやあったが、その後の生活は粛々と過ぎていった。

女大学での花嫁修業も、慣れればチョロい。文字の読み書きは、前世の記憶を取り戻す前から鴻家で受けてきたし、体力作りもただの体操である。動画サイトを見ながら筋肉体操に励んだ前世のほうが、よほど運動をしていた。

座学も大したことはない。哲学のようなものを延々と聞かされたときは、どうしようかと思ったが……お貴族様たちが真ん中の席にいるので、端に座った蓮華は目立たなかった。一番前の端というのは講師の視界に入りにくい死角だ。有り体に言えば、居眠りスポット。

「蓮華様」

「ふぁ……」

こくりこくりと船を漕《こ》ぐ蓮華を、隣にひかえた陽珊が小突く。本当にできた侍女である。安心して寝落ちできた。侍女を隣に座らせる席配置にも万歳だ。

「だって、この老師《せんせい》ええ声やし……子守歌みたいなんですわ」

「蓮華様ったら……」

本日の講師は若い男性のようだった。今まで、しわくちゃになった仙人のような宦《かん》官《がん》ばかりだったので、ちょっと意外だ。

と言っても、妃候補たちの前で講師は顔を隠している。頭から薄布をかぶり、あまりよく見えないのだ。これから、皇帝の妻になる女たちを、主より先に見てはならないという決まりらしい。

世話役の宮女や宦官たちは顔を見せているのに、おかしな話だ。この国には身分の差がある。貴族と平民。その中にもそれぞれ階層があり……つまり、妃候補以外で今顔を見せている者たちには、「人間としての価値がない」のだ。人権などという概念はない。

それでも、シンデレラストーリーは存在する。現在の皇太后、つまり皇帝陛下の母親である秀蘭《しゅうらん》は貧民街の出身と聞く。後宮で下働きをしていたのを、先代の典嶺《てんれい》帝に見初められ寵愛を受けるに至った。

その秀蘭の息子である天明帝が、蓮華のたった一人の「旦那様」になるわけだ。

もっとも、向こうは何百という妻を、そして、何千という宮女たちを自由に選び放題という立場なのだが。

天明という皇帝は、噂《うわさ》によるとたいそうな女好きだった。政治に関心を示さず遊びほうけているとか、なんとか……そのため、政治の実権は皇太后である秀蘭がにぎっている。

皇帝って、ほんまにええご身分やなぁ。どんなに顔が不細工な無能やったとしても、こんな別嬪さんに囲まれて過ごせるんやから。

現在の国の在り方に、疑問を感じない蓮華ではなかった。前世の生活が最高だったとは思わない。給料はさがる一方だったし、ロクでもない客も多かった。それでも、みんなまあまあ満足して暮らしていたと思う。

だが、凰朔国はちがう。

生まれの時点で、どうしようもない壁があるのだ。

そう考えると、皇太后のシンデレラストーリーは女たちの希望であった。宮女とも呼べない下働きの身分から皇帝の母親に成りあがり、政治の実権をにぎっているのだ。

本物の下剋上《げこくじょう》である。

現に、序列の低い妃候補たちは目の色がちがう。少しでもいい位を獲《と》ろう、皇帝の寵愛を得ようと必死だ。現皇帝が女好きであるなら、なおのことチャンスはある。

だからこそ、鴻家の父も蓮華に望みを託して後宮へ送り出したのだろう。できれば外戚《がいせき》として力を振るい、貴族の末席に加えてもらう魂胆《こんたん》だと思う。

「では……君」

不意に、肩に手が置かれた。

「はい？」

蓮華は間抜けな声を出しながら、顔をあげる。

肩を叩いたのは、講師の男だった。いや、ここにいるからには、男ではなく去勢した宦官なのだろう。

講義と言っても、椅子と机があるわけではない。床に座り、低い書き物机を使っている。蓮華の肩を叩くには、膝を折って視線をあわせる必要があった。

今までの講師は誰も、このように妃候補に声をかけなかった。好きなように話すか、書物を読みあげるだけ。質問のある者には挙手を求めるスタイルだった。

まさか、居眠りがバレたん？　上手《うま》いことやった気がしてたんやけどなぁ……。

若い男の講師は顔を薄布で隠してあるが、なんとなく精悍《せいかん》で覇気があるように思える。肩幅も広く、男らしい。とても宦官には見えなかった。蓮華としては、もっと筋肉がほしいところだが、講義をするような学者にしては上等だろう。

そして、やはりいい声である。聞いているだけで落ち着いた。心なしか、いい匂いもする。

「君はもしも、正妃になれたとしたら、どうする?」

「へ?　あ……」

講義を真面目に聞いていなかったせいで、質問が突拍子もないもののように思えた。蓮華は必死で頭を整理する……つまり、蓮華が皇帝の正妻になったらやりたいことだ。

皇帝は国の主人。正妃にはそれを支え、後宮を管理する役割がある。要するに、後宮くらいなら好きにしてもいいということだ。

「そう、ですね……まずは、野球のリーグを作りたいと思いますわ」

最初に考えたのは、それだった。

「は……?　野球?　利伊具《りいぐ》?　それは、いったい……」

「はい。野球とは九人で一つの組を作って行う球技でして。球を投げ、棒で打つ遊戯ですわ。身体だけやなく、戦略的に頭も使います。妃の健康を維持し、社会性、計画性を養うのに最適やと思います」

後宮が完成すれば妃だけではなく、宮女も含めて何千人もの女が集まるのだ。それだけの人数がいれば、何チームだって作れる。見たところ、舞踏を得意とし、身体を動かす者も多い。

球場を作って観戦できるようにすれば、収益にもなるだろう。ゆくゆくは国公認のスポーツにしたっていい。

「君は自分の欲ではなく、妃たちの健康を重んじると？」

単に野球が趣味なだけやけどな。欲丸出しやで？

「それが後宮の管理者たる正妃のお役目やないんですか？　あとは……そうですね。この後宮は少々、派手すぎます。パァーっと使うんはかまいませんけど、ちょっと経費を見直したほうがええんとちゃいます？」

陽珊がこっそりと咳払《せきばら》いしている。あかん、あかん。訛ってたわ。

「などと……好き勝手に言って、申し訳ありません」

蓮華は誤魔化しながら笑ってみせた。講師はそれ以上は追求せず、次の女性にも同じ質問をしていた。どうやら、ランダムに当てているだけのようだ。

えらいええ声やけど……変わった講師やなぁ。

蓮華はなんとなく、講師を目で追いながら講義を聴いていた。

このままつつがなく花嫁修業を終え、退屈な後宮生活へ突入する。

そう思っていた蓮華の日常に変化を与えたのは、甲高い声だった。

「ないですって!?」

叫んだのは、夏雪だった。大貴族陳家の令嬢で、蓮華のあげた飴を初日に投げ捨てた娘である。あんな態度をとられたのは、あとにも先にも彼女だけだ。

二人の侍女に囲まれて、なにやら慌てている様子だった。今は妃候補たちには位がつかず、殿舎の個室しか与えられていない。どの妃候補も侍女は最低限の一人しか連れていなかったが、夏雪はちがうようだ。大方、身の回りの世話をすべてやってもらっているのだろう。生粋のお姫様なので仕方がない。

そんな夏雪が声を荒らげるのは珍しかった。最初こそ、蓮華に強めの態度をとっていたが、基本的には貴族らしいお淑《しと》やかな娘である。話し相手が貴族たちであったら、穏やかな様子だった……つまり、相手を見て態度を変えていた。蓮華は彼女のお眼鏡にかなわない存在だっただけだ。

「どうしてないの！　お父様からいただいた筆が！」

「申し訳ありません、夏雪様」

「目を離した隙に、どこかへ……」

なんや、筆か。あまりに騒いでいるから、なにかと思えば。蓮華は夏雪たちの様子を見守った。

「あれは翡翠の筆なのよ！」

翡翠と聞いて、蓮華は思わず眉を寄せた。普段使いが翡翠の筆やなんて、どんだけ贅沢しとんねん。木製で充分やろうに。ほんまにお姫様なんやなぁ……。

そりゃあ、鴻家にだって高級な筆はある。翡翠の飾りだって買える。だが、普段使いする消耗品に翡翠などという高くて希少性のある石は用いなくていい。蓮華が節制を徹底する前の鴻家では、そのような無駄も多かったが、今はあまりなかった。

もしかすると、大事な品なのだろうか。なにかの記念に贈られたとか、実家の家宝を授けられたとか……ここは夏雪に事情を聞かねばわからない部分だが、それならば、この大げさとも言える慌てようにも説明がつく。

夏雪の声は講堂中に響き、もはや喚《わめ》き声だった。必要以上に大げさだ。講義を終え、退場し損ねた講師も成り行きを見ていた。

「あなた」

突然、夏雪が蓮華に視線を向けた。

「なんでしょう?」

「持ち物を見せなさい」

「は?」

蓮華は露骨に顔を歪めてしまった。いきなり、持ち物を見せろとは何事だ。

「お言葉ですが……それは、私を疑っていらっしゃるということで、よろしいんやろか?」

「聞けば、あなた。ずいぶんと卑しい生活をしているらしいじゃないの。本当はお金がないのではなくて？」

たしかに、蓮華の部屋では再利用するために鉢に青葱《あおねぎ》の根を植えて生やしている。部屋着も長く使うために、縫って穴を埋めていた。外では着飾っているが、そのような暮らしぶりはどこかから漏れ伝わるものらしい。

「庶民以下の卑しい生活よ。ああ、ごめんなさい。庶民でしたわね」

「倹約と卑しいを一緒にせんといてくれます？　いっぺん辞書で意味引いてきぃ。ほんま大阪マダム、なめんといてもらえます？」

「真駄武《まだむ》……？」

蓮華は夏雪の機嫌を損ねたこともあるが、他人のものを盗《と》ったりはしない。それは、大阪のオカンから最もあかんと言われてきた行為だ。

倹約し、スーパーの特価を愛し、値切れるものは極限まで値切れ。それが大阪のオバチャン、いや、マダムの信条だ。ケチなのは否定しないし、むしろ美徳だと思っている。しかし、使うときはパァーっと派手に現金払い。貯金の肥やしを作っているわけではないのだ。使いどきを見計らっているだけ。

せやけど、ドケチでも盗みはあかん。絶対にあかん。これが大阪マダムたるオカンの口癖であった。どんなに生活が回らんでも、他人様《ひとさま》のものを盗んではならない。

そのオカンの意志を受け継ぎ、清く正しい大阪マダムを目指す蓮華に、盗みの疑いを向けるなど。

「せやったら、よう見てみぃ！　陽珊、うちの荷物出しなはれ！」

この際、完璧な関西弁になってしまったのは、もうどうでもいい。蓮華は陽珊に持ち物を見せるように命じた。

陽珊も「かしこまりました、蓮華様」と意気込み、素早く持ち物を広げる。

「あ……」

だが、陽珊の動きがピタリと止まってしまう。周りが彼女の一挙一動を見ようと、固唾《かたず》を呑《の》んでいる。

夏雪だけが勝ち誇ったような表情になった。

「どないしたん、陽珊。はよしぃや」

「れ、蓮華様。いけません」

もたつく陽珊を押し退けて、蓮華は荷物を確認した。中には、持ち歩いている飴と、予備の習字セットがある。

簀巻《すま》きにされた習字セットの紐《ひも》を解くと、何本かの筆が出てきた……蓮華は予備に二本の筆を持っていたはずである。それが三本あった。見たことのない翠《みどり》の……翡翠の筆だ。しかも、頭の部分がとれている。

「それは、わたくしの筆！」

夏雪が甲高い声で指摘した。周囲も、みんな蓮華に視線を向けている。

「やはり、あなたが？」

「ちがう。なにかのまちがいや！」

蓮華は盗ったりしない。なにかのまちがいである。けれども、夏雪の気がそれでおさまるとは思えなかった。

「では、その従者が盗ったのかしら。主に恥をかかせた腹いせに。それとも、売って金に換えようとしたの？　平民の使用人など、みんな卑しい身分の出でしょう？」

夏雪から指さされ、陽珊の顔が青くなった。

「はあ？　そんなわけあるかい。なあ、陽珊」

「…………」

だが、陽珊はなにも言わなかった。両目が潤み、唇を引き結んでいる。

本当に陽珊が盗った？　そう思われても仕方のない沈黙だ。

「……蓮華様、申し訳ありません」

その瞬間に蓮華は悟る。

当事者の中で一番立場が弱いのは陽珊であった。このまま陽珊が盗んだことにすれば、蓮華の罪にはならない。陽珊が濡《ぬ》れ衣《ぎぬ》を着る気なのだ。蓮華を守るために。

アホや。陽珊のアホ。

そないにして守ってもらったって、うちの前世はアラサー独身女やで。カーネル・サンダースの身代わりに溺れ死んだ冗談みたいな人生やったんや。そんな女が後宮で天下とれるはずがないやろ。こんなくだらん理由で犠牲にならんだって、ええんやで。

「荷物の管理が行き届いておりませんでした」

蓮華は落ち着いて言葉を正しながら、陽珊を見る。陽珊は涙目で「いえ、蓮華様……あの……」と、口ごもっていた。彼女らしくない。普段はしっかりしているが、陽珊も自分と同年代の娘なのだと再確認した。

陽珊は両親が残した借金返済のために鴻家に仕えている。幼いころから住み込みで働き、蓮華の世話をよくしてくれた。幼なじみのような間柄でもある。礼儀作法に厳しいが、それは今の蓮華には必要だからだ。

「申し訳ありません」

蓮華は大きな声で謝罪しながら、壊れてしまった翡翠の筆を持ちあげる。

「私が荷物に入れたということは、ありえません。せやけど、壊してしまったんは、もしかすると、こちらの不手際かもしれません。なにせ、こないに高価な筆が入っているとは思わず、ぞんざいな扱いをしておりましたので」

「あなた、そんな言い訳が通用すると……」

「もちろん、思っとりません。壊したお品は、責任を持って弁償させていただきますわ」

蓮華には身に覚えがない濡れ衣だ。だが、もしかすると筆の頭がとれてしまったのは、蓮華や陽珊の扱いが悪かったからかもしれない。どのような状態で荷物に混入したのか、わからないのである。

「そんな……代用品でいいと思っているのかしら？」

「でしたら、修繕します」

「だから、なにを言っているの！　わたくしは、盗んだ謝罪が欲しいのよ！」

「そやから、盗ってません。だいたい、金目のものなど実家にいくらでもありますわ。下手なお貴族様よりも、財力だけは上やと思っとりますが？　お金なら、埋めるほど持ってます。無駄に使う金がないだけや」

「だったら……あなたが個人的にわたくしに嫌がらせをしたのだわ。どれだけ言い訳すれば気が済むのかしら」

夏雪はゆずらなかった。意地でも蓮華が盗んだということにする気だ。その態度から、なんとなく事件のカラクリに気がつく蓮華であったが……この場では、なにを言っても無駄であろう。身分が高く、被害者であると主張する夏雪が正義なのだ。

だいたい、鴻家の財力は凰朔国でも随一である。それこそ、名ばかりの大貴族など遥《はる》かに凌《しの》ぐ。実家の帳簿を隈《くま》なくチェックし、赤字店舗のテコ入れをした蓮華はそれを理解していた。

「目障りだわ。帰りなさい！」

夏雪が言い放つと、彼女の従者ばかりか、周囲の妃候補たちも同調した視線を蓮華に向けてきた。多くは彼女に与《くみ》した貴族の娘たちだ。しかし、蓮華と似たような育ちの者たちからも、いつもより距離を感じた。

退室し損ねた講師は、騒ぎを静観するのみだ。彼らは、いわゆる学校の先生ではない。教え子たちのトラブルを解決する義理などなかった。

蓮華は足元で震える陽珊に手を差し出す。

「行くで、陽珊」

「れ、蓮華様……」

「陽珊がそんな顔しとると、うちまで調子狂うわ。はよ、部屋帰るで」

そんなことを言いながら、蓮華は荷物をまとめる。陽珊が突っ込みやすいように、思いっきり関西弁も使う。

陽珊はしばらく呆然《ぼうぜん》としていたが、やがて蓮華の代わりに荷物を整理した。

「ほな、おおきに」

講堂を出る際、蓮華は明るめの声で手をふる。

誰も蓮華をふり返らなかった。

四

部屋に帰ると、泣きわめく陽珊をなだめるのに苦労した。

「私のことなど、どうでもよかったのに。なぜ、庇《かば》ってくださったのですか！」

「いやあ……だって、陽珊はやってへんのやろう？　うちもやってないし？」

「やっていなくとも、あの場はあれでよかったのです！」

「ようないわ。盗人《ぬすっと》呼ばわりされて後宮を放り出されたら、陽珊に次の仕事なんてないんやし。鴻家にも戻れんやろ？　かまへん、かまへん」

「それでも、です。あなた様はお立場をわかっておりますか！」

「わかってるで。鴻家での雇用主は、うちのお父ちゃんや。せやけど、ここじゃ陽珊の主はうちやろう？　うちが守ったらなあかん」

「全然わかっていないじゃないですか！　蓮華様は本当の本当に……馬鹿でございます……私が追い出されたって、代わりなどいくらでもいるでしょうに！　人が好すぎるのです！　お人好しのお節介でございます！」

「なに言うてんねん。わざわざ同姓同名の、こんな小うるさい侍女探してくるほうが手間やわ。だいたい、陽珊のせいにしたところで、うちの印象はあんま変わらんかったと思うで？」

「だから、そうでは……それから！　さきほどから！　お言葉が！　お言葉が乱れておりますよ！」

「そうそう、それや。だいぶ、調子が戻ってきたやないの」

「言葉遣い！　お改めください！」

「はいはい、わかりましたよ」

「返事は一度です！」

両目からボロボロ涙を流しながら、陽珊は蓮華を諫める言葉を吐いた。もう泣いているのか怒っているのかわからない。けれども、なぜだか嬉《うれ》しそうにも見えた。忙《せわ》しないやっちゃ。

しかし、小一時間かけて、ようやく陽珊も落ち着きを取り戻す。いつものように小言を垂れながら、蓮華が脱ぎ散らかした着物を畳んでくれた。そのころには、だんだんと外も暗くなりはじめている。

それにしたって、陽珊を守る手前、夏雪の前では気丈に振る舞ってしまったが……今更ながらに、蓮華は自分の立場というものを考えはじめる。

別に陽珊に言われたからではない。賄賂は鴻家がたっぷり出すとしても、蓮華は後宮の妃たちから孤立したも同然だ。今の蓮華に味方はゼロである。九回の裏ツーアウト、ランナーなし。

皇帝の寵愛を得ずとも適当に仲よしグループを作って後宮生活を無難にやり過ごす、などという選択肢はなくなった。

多勢に無勢のまま数多《あまた》の敵につぶされるか、勝ち残るか。これしかないのだ。悪目立ちした以上、叩きつぶされるのは覚悟せねばならない。

やられたらやり返すとか、何倍返しだとかいうフレーズが流行《はや》っていたこともあった。だが、大阪のオカンの信条はちがう。「やられたって忘れろ。そのほうが人生楽しいで」である。いつまでも根に持たず、スパッと忘れなさい。そういうオカンの生き方が、前世の蓮華も好きだった。

ただし、特売を逃した悔しさは忘れるな。それは必ず、次の成功へ繋《つな》がる。これも大阪マダムたるオカンの教えだった。

「まあ、ええか。なんとかなるやろ」

蓮華は大きなあくびをして、背伸びする。どうせ、最初から後宮で成り上がるのは無理だったのだ。ケチョンケチョンにやられて、泣きながら鴻家の父に嘆願すれば、実家へ戻してくれるかもしれない。そうしたら、また商売をしよう。

もうすぐ夕餉《ゆうげ》の頃合いだ。後宮の食事はとにかくまずいのが困りものだった。なにせ、中央の厨房《ちゅうぼう》で作られたものを、何度も何度も毒味しながら部屋へ持ってくるのだ。その間に、料理は冷めるし、量もみみっちくなってしまう。

位が高い妃になれば、後宮内に自分の殿舎を持てる。そうすれば、自前の厨房で調理も可能だ。なお、毒味の回数が減るため、美味《おい》しさと命を天秤《てんびん》にかけることになるが。

「…………！」

突然、窓から物音が聞こえた。小石を投げつけ、跳ね返ったような音である。蓮華が思わず肩を震わせると、あわてて陽珊が窓の外を確認した。日本のように透明度の高い上等な硝子など、こちらの文明では精製できない。陽珊は不透明で歪《いびつ》な硝子がはまった小窓を開け、外をのぞき見た。

「念のために、見て参ります。蓮華様はここで、誰が来ても部屋を開けないでくださいませ」

昼間の件もある。誰かの嫌がらせや身の危険も考慮しているのだろう。陽珊は灯《あか》りを持って、部屋を出た。

考えすぎではないか。だが、用心するに越したことはない。蓮華は机に頰杖《ほおづえ》をついて、陽珊を待った。

陽珊が出てすぐ、表の扉で音がする。

陽珊が帰ってきたにしては、早すぎないか。そう警戒しながら、蓮華は外の様子に聞き耳を立てた。

「ここは鴻蓮華君の房《へや》かな？」

聞き覚えのある声であった。蓮華は眉を寄せて記憶を辿《たど》る……えっらいええ声の兄ちゃん……思い出した。昼間に変な質問をして回っていた講師だ。講義の内容はごっついつまらんかったけど、声がええから覚えてる！

「昼間の老師《せんせい》ですか？」

蓮華が声をかけると、扉の向こうから「そうだ」と返答があった。このような時間にどうしたのだろう。

「昼間の君の答えが大変興味深かった。よかったら、もう少し聞かせてほしい」

蓮華は一瞬迷う。陽珊は誰も部屋に入れるなと言った……だが、相手は後宮内で身分を保証された宦官である。滅多《めった》なことなどないだろう。いざとなったら、実家から持ってきたお好み焼き用の鉄板で殴ればいい……あ、それはさすがに死ぬかな？

「わかりました」

お好み焼きの鉄板はまずいので、蓮華はコテを隠し持っておく。これだって、効果的に使えば武器になる。

扉を開けると、男性が入ってきた。

ふんわりと、上品な香《こう》の匂いが鼻まで届く。思ったよりも上背があり、蓮華は相手を見あげてしまう。

「夜分、失礼」

うわぁ……顔のいい男やなぁ……と、第一印象を口にしてしまいそうになった。

昼間とちがって、講師は顔を隠していない。

切れ長の目は涼やかで、とても理知的だ。スッとおった鼻筋や、唇の形にメリハリがあり、異国の血筋を引いているようだった。長く垂らした髪も、やや茶がかっており、色素が薄い。西域の彫刻でもながめている気分だ。

宦官とは、去勢した男性である。ゆえに、声質が高かったり、身長が低く太りやすかったりするという特徴があった。ホルモンバランスの問題だろう。

けれども、この宦官にはそれが見られなかった。

背が高く、いい声だ。身体つきもスマート。昼間は座った状態だったので違和感程度にしか思わなかったが……ほかの講師たちとは、明らかにちがった。

「先に言っておくが」

講師は扉を後ろ手で閉めながら、蓮華を見おろした。

その視線が、さきほどまでと一変して冷たくなる。怜悧《れいり》で、威圧的だ。蓮華はたまらず、袖に隠したコテをにぎってしまう。

「お前に拒否権などない。後宮《ここ》では、俺に逆らうことは死を意味すると思え」

突然、そんな言葉を放たれて蓮華は眉を寄せた。なに言ってんねん、大丈夫ですか? おまわりさん、こいつです。

「姓は凰《おう》、名は亮《りょう》、字《あざな》は天明である」

つまり、凰という苗字《みようじ》の亮さんで、成人してからは天明を名乗っておりますよ、という意味である。凰朔国の名前ルールとしては一般的であった。

「はあ……それって、あー……はい?」

蓮華は思わず、聞き返してしまった。記憶が正しければ、そんな名前を持っている人物は一人しかいない。

凰姓は現王朝の人間のみが名乗ることを許されている。そして、天明という字を使用しているのは……皇帝陛下だけであった。

「さすがに、皇帝陛下のお名前を騙《かた》るのは、不敬ちゃいますか?」

蓮華は大真面目な顔になりながら、男を睨《にら》んだ。一方で、男は「は?」と言いたげにたじろいでいる。

「いくらここが後宮だと言っても、こんなところに、本物の皇帝が来るわけあらへん。絶世の美女やったらともかく、私かて身のほどはわきまえております」

わざわざ言うのもアレだが、蓮華はシュッとした印象の別嬪さんである。後宮に問題なく入れる程度には顔が整っていた。だが、講堂にいた妃候補たちは、それを凌駕《りょうが》する美女ぞろい。こりゃあ、容姿じゃかなわんわ。

新皇帝の天明はひどい遊び人だと聞いているが、ここには多くの美女が集められているのだ。その中から蓮華を選ぶなど……いくらなんでも、趣味が悪い。

「なるほど、用心深いな」

蓮華の言葉は、男にひん曲がった解釈を与えてしまったらしい。真剣な顔で納得し、しばし考えていた。やがて、彼は懐からなにかを取り出す。

キラキラとしている……金でできた印《いん》のようだった。反転しているが、たしかに皇帝の名が刻まれている。公文書などに押される帝印だ。凰朔では印こそが身分証の役割を果たす。

「え、ええ？　本物？」

蓮華は困惑した。こんなものを見せられると思っていなかった。

「これで信じてもらえなかったら、触って男だと確かめてもらうしかないな」

「え、こないなイケメンのお兄ちゃん、触ってええの？」

このレベルのイケメン、滅多に出会えない。蓮華はお言葉に甘えて、遠慮なく手を伸ばした。皇帝と名乗った不審者は、戸惑った表情を見せつつ両腕をさげて無防備なポーズをとる。

「硬っ！　腹筋めっちゃ割れてる！」

「どうして、そこを触るのだ！」

　前世でも今世でも、男性の腹筋を触る機会など、ほとんどなかった。しかし、引きしまった上半身の象徴とも言えるシックスパック……これほどまでに、硬いものだったとは。アスリートやボディビルダー級だと、どうなってしまうのだろう。

「ああ、ええもんや……ごちそうさんです」

「おい、満足そうな顔で話を終わらせようとするな。信じたんだろうな」

　あ、せやった。忘れとった。

「もちろん。その金印はまちがいなく、皇帝陛下のもんですわ。信じます」

「今、腹を触った意味はなんだったのだ……」

「主上さん、ツッコミがえらいお上手ですね。陽珊よりもボケやすくて助かりますわ」

「は？」

　気を取りなおして。

「それで……如何様《いかよう》な理由で？」

　相手は本物の皇帝だとわかった。しゃんとしなければ。ついうっかりボケてしまったが、まだ取り返しはつくはずだ。知らんけど。

「普通は一つしか目的がないと思うわけだが……お前は、ずいぶんと勘がいいようだな。聡《さと》い女は好ましい」

いや、せやから、うちより別嬪さんがいくらでもおるから……。

「ええ、まあ。講師などと偽ってまで、美女の品定めにいらしていたとは思いたくありませんから」

「品定め……ふむ。そのとおりだな」

やっぱ、噂どおりの遊び人お飾り皇帝かいっ。講師と偽って好みの美女を選びに来ていたというわけですか。ええご身分ですなぁ。

しかし、それなら蓮華に声がかかった理由がわからない。まさか、特殊性癖？　いや、蓮華の顔は他の娘には劣るが、特別変わった性癖を刺激する要素があるとも思えなかった。

「昼間の騒ぎを見ていた。お前は今、まずい立場にある。今後、味方のいない後宮でどのように生きてゆくつもりだった？」

そういえば、夏雪との諍《いさか》いのとき講師を装った天明がその場に残っていた。あれは帰りそびれたわけではなく……ことの成りゆきを観察していたのだ。

いったい、なんのために？

「現時点で一番御しやすい者は、お前だと判断した」

「御しやすい……?」

要するに、一番立場の弱い妃候補を見極めていたのだ。それが蓮華だった。

普通なら、皇帝が姿を見せただけで舞いあがるが……天明が「御しやすい」と言ったのを蓮華は聞き逃さない。なにかに「利用したい」という魂胆が見え見えだった。

「俺の力で、お前を正妃にしてやろう」

「はい?」

正妃? というと……後宮で一番高い位。ただ一人しかなれない皇帝の正妻である。九嬪や正一品どころの話ではない。一番上である。優勝だ。

たしかに、正妃の座が手に入れば、蓮華の立場は一転するだろう。いくら孤立させられたと言っても、正妃である。無下にはできない。なにもしなくても、蓮華は窮地を脱し、しかも実家の思惑どおりの成りあがりが達成されるのだ。

だが、蓮華は知っている。

世の中は、そんなに甘くはない。

「タダでもらえるモンは、なんでももらっておく主義やけど……タダほど高いモンもないって、知ってんねんで? いや、知っておりますわ」

安物に無条件に飛びついてはならない。安物買いの銭失いは愚の骨頂。本当にいいものを、どれだけ安く買えたかを誇るのが大阪マダムの華なのだ。タダなら、なおさら慎重に決めなあかん。それが賢いマダム術なのである。

天明は驚いた様子で蓮華を見おろしている。

「このまま、この話はなかったことにしてもいいのだが？」

「なにか魂胆がおありなのが見え見えなんですわ。甘く見られると困ります」

「お前程度なら、俺の一存でどうにでも処理できる」

処理ってなんやねん。今度は脅しかい！

「やれるもんなら、やってみぃ。こちとら、カーネル・サンダースの呪いから大阪を救って死んだんや。なんも怖くあらへん！」

蓮華はつい啖呵《たんか》を切りながら、隠し持っていたコテの先を天明に向けた。もちろん、威嚇だ。西部劇の銃みたいに無駄にクルクル回す。とはいえ、このまま襲いかかっても、体格差で負けてしまう。なんとか、お好み焼きプレートを投げつける隙を見なくては……ところであれ、ごっつい重いねんけど、持ちあがるんやろか。

天明は向けられたコテに驚いている。次いで、蓮華をまじまじと観察した。その視線は真剣そのもので、とても女遊びが目的とは思えない。

「お前は俺がどのような皇帝なのか知っているな？」

唐突に質問が変わった。

「……あまり、政《まつりごと》がお得意ではないと聞きましたわ」

だいぶマイルド表現にしてみた。「遊び人の駄目皇帝」をたこ焼きで包んで、えびせんで挟んでやった。京都人が八ツ橋で包むよりも分厚いはず。

「では、その政は今誰が動かしている？」

「皇太后の秀蘭様だと聞いていますが……」

「俺は今、その皇太后から実権を取り戻そうとしている」

「へー……ほーん……？」

で？

「それはまあ、どうやって？　というか、なんで私にこんな話を？」

新しく即位した天明が遊び人の駄目皇帝で、国の実権をにぎるのは皇太后の秀蘭である。これは周知の事実だった。彼の遊び癖は即位前からの評判で、もう手がつけられないと言われている。

だが、今目の前にいる天明はそのイメージからは程遠かった。会話の端々に圧力を感じ、追い詰められた気分にさせられる。無能がこんな話し方などしない。

「なぜ？　それはお前が問うたからだ」

「え、まあ……」

蓮華が訝《いぶか》しみながらも、天明に向けていたコテをおろす。

「聡い女のようだからな。度胸もある。なにも知らぬままよりは、こちら側に引き込んだほうが有益だと判断した」

蓮華が呆気《あっけ》にとられている間に、天明は言葉を続ける。

「お前の言ったように、この国を牛耳るのは皇太后の秀蘭だ。だが、本来、その権利は皇帝が持っているべきだ。政を正常に戻す。それだけのことに理由が必要か」

天明の説明は正しい。政治をするのは皇帝の仕事だ。母親の役目ではない。

「せやったら、そうすればええやないですか。なんで、政治に関心のないふりを？」

「それは──そうできれば、誰も無能を装わぬ」

蓮華の問いに、天明は一瞬だけ言い淀《よど》んだ。だが、すぐに声の調子を戻す。

「皇太后は自分が権力をにぎるため、父と兄を殺害した。都合のいい傀儡《かいらい》として使えぬと判断されれば、次は俺だ」

天明の答えに蓮華は目を見開く。

たしかに、天明と会話して、彼が噂どおりの無能ではないと伝わってきた。真剣な目を見れば、皇太后を本気で追い落とそうとしているのもわかる。天明の言うとおり、前帝と兄が殺されたのなら、無能を装う理由も納得した。

しかし……秀蘭は天明の母親だ。義理ではなく、実母である。血の繋がった母親と争うなど、蓮華の感覚ではありえなかった。大阪のオカンと虎柄がいいか豹柄《ひょうがら》がいいかで喧嘩するのとは、わけがちがう。

「それで、私になにをしろと?」

「ただ皇帝からの寵愛を受けていればいい。後宮に入り浸って遊んでいるという事実さえ演じられるなら、俺はお前にそれ以上の役目を要求しない。こちらはこちらで、準備を進める」

つまり、愛人のふりをしろと。いや、正妻やけど。

天明の話は引っかかる。蓮華がただの寵妃《ちょうひ》として振る舞うだけでいいのは、虫がよすぎるのではないか。話が旨《うま》すぎる。

なんか、胡散臭《うさんくさ》い……。

だが、一方で思いついた名案があった。

正妃とは、後宮で一番偉い立場である。その地位が転がり込めば、今の逆境を覆せるだけではない。

後宮を好きにできるということだ。

昼間の問答ではないが、これはいよいよ面白くなりそうである。ゆくゆくは野球チームも作りたいが、まずは――。

「ええでしょう、乗りましょ。ただし、条件がございます」

「条件?」

「はい。お互い上手く利用したほうがええやろう?」

天明は蓮華を利用するのだ。ならば、蓮華だって、このチャンスを最大限に利用させていただこうではないか。

本当は正妃の位だけでも充分なのだが……値切り交渉は大阪マダムの華だ。それに、天明だってここまで話した蓮華を野放しにはできないはず。

「後宮での商売を許可してくださいな。あと必要な人材の出入りと、入荷許可もよろしゅう頼んます」

後宮というコミュニティは大きい。妃嬪だけでも何百人。その侍女や宮女、下働きや宦官まで含めると実に何千という社会集団となる。これだけの人数がいれば、大きな商売が成立するのだ。それも、妃たちの多くは金と暇を持て余すだろう。

後宮に出入りできる商人は限られている。厳しいチェックを受けた公認の者たちだけだ。そこに鴻家も名前を連ね、さらにその総轄を蓮華が行ってしまおうという話だった。

つまり、後宮の中に鴻家の子会社を作る！

「俺の邪魔にならないなら、いくらでも」

「毎度、おおきにぃ♪」

後宮などつまらないと思っていたが……これなら、張りあいが出る。面白くなってきた。後宮に入ってあきらめかけていた商売の続きができるのだ。

やはり、大阪でカーネル・サンダースを救っておいてよかった。これはきっと、前世で徳を積んだ蓮華への贈り物だ。思う存分、商売をせよというお告げである。

こうして、皇帝と妃の奇妙な契約が成立した。

❀　❀　❀

なんだったのだ。あの妃は……。

目的を果たし、外に出た瞬間、天明はなぜだか疲労感に襲われる。

母に隠れて講師として妃たちの下見をし、そこで都合のよさそうな妃を見つけた。秀美で冷たい印象の顔立ちだが、見目に反して言葉遣いが粗雑で「野球」だとか「利《り》伊《い》具《ぐ》」だとか、変わったことを言う。珍妙な娘だと思っていたら、今度は妃同士の諍いで孤立した。

調べれば、彼女は鴻家の令嬢である。貴族ではないが、いわゆる金持ち。大方、後宮に娘を献上し、権力を得て貴族の地位におさまろうというのが鴻家の魂胆だろう。使い捨てるには都合がいい。実家はただの商家である。後々、処理したところで問題にはならない。

そう思って声をかけたが……いろいろと、想像とちがっていた。いったい、なんだったのか今でもよくわからない。

天明は指でもてあそんでいた飴を見る。帰り際、蓮華に持たされたものだった。皇帝を前にして、情事を望まず飴だけ持たせて帰らせるなど……なんなのだ、あの妃は?

「主上」

知らぬ間に、天明の隣を人が歩いていた。暗がりから影が這《は》い出るかのようだった。もうすっかり日が沈んでいるのを、今更思い出す。月がなく、こんなにも辺りは暗いというのに。昼間はまぶしい瑠璃の瓦屋根も、今は闇になりをひそめていた。

「目的は達成した。帰るぞ」

「御意にございます」

乍颯馬《さくそうま》。天明に昔から仕える腹心の部下である。彼には蓮華の従者の気を引きつける役目を与えていた。実に命令どおりよく働いてくれたので、蓮華との会話を誰にも聞かれずに済んだ。

少々風変わりな娘であったのは計算外だが、準備は着々と進んでいる。

自分の母親を追い落とすための計画だ。

そのために払われる犠牲のことなど、考えてはいられない。

覚悟はしたはずだ。

「………」

天明は指先でつまんでいた飴を懐紙から外す。

小さな飴は、少ない灯りを吸って煌《きら》めいている。まるで玉《ぎょく》のようであるなと、心中だけでつぶやいた。

飴、か。

捨てる気にもなれず、口に含む。隣で颯馬がおどろいた表情を作る。

甘ったるい砂糖のほかに、味がする。これは果実だろうか？　市場に出回る一般的な菓子類とは、ちがう。

新しい。

しかし、どこかなつかしい味だ。

交流戦　大阪マダム、お茶会をする！

一

凰朔という国は、皇帝を中心に回っている。

皇帝は天を司《つかさど》り、絶対の存在。何人《なんぴと》も侵すことが許されない。あらゆる文書や式典で神と同義であると定義された。

けれども、必ずしも政をすべて皇帝が動かしているわけではない。皇帝も人である以上は才があり、適さぬ者もいる。軍事に秀でるが、内政は宰相にまかせる皇帝もいた。または、その逆も。幼少より即位し、権限を家臣に委ねた皇帝もある。

だが、皇太后の地位で、政の全権をにぎった人物は凰朔の歴史では秀蘭が初めてであった。それも、貧民の出身の成り上がりだ。

秀蘭は優れた女性であるが、天才ではない。政は危なげないが、凡庸である。歴史に残る偉業はなにひとつない。

それでも、この地位に就く理由はひとえに、皇帝として即位した息子がいわゆる

「無能」であるからだ。女にうつつを抜かして、政にまるで関心を持たない。前帝の後宮で皇子として育ったが、皇城へはほとんど顔を出さなかった。皇子として与えられた役職も飾りと化し、別の者が行っていた状態だ。

そのような皇子に帝位が転がり込んだところで、改心するはずもなく。天明が即位してから、秀蘭が政治を行ってきた。

すべては秀蘭が権力をにぎるために仕組んだという噂もある。目的のためには手段を選ばない冷徹な女、と。

なにせ、前帝の典嶺帝は急逝だった。皇帝の長子であった最黎《さいれい》も、すぐに毒殺されている。その後、両名を殺害したのは自分であると、当時の宰相が自死したので真相が解明されたが――秀蘭の策謀を疑う者は多い。

だが、そのように噂されるのは元より承知である。大切なのは真偽ではなく、いかにして国を動かすかだ。これらは解明する必要のない事柄である。

秀蘭には、些事を気にする余裕などなかった。

「勝手に女大学へ行ったそうですね」

あがってきた文書に目を通しながら、秀蘭は問いを吐いた。

「はい、なにか問題でも？」

受け答えに応じたのは、秀蘭の息子にして現皇帝である天明だった。いつものように、悪びれもせず笑いながら、天明は両手を広げる。自分は悪いことなどしていない。そう主張しているようだった。

彼は常に、このような顔で笑う。口調も浮ついた軽薄なものである。そうやって、「自分はなにもわからない」と示しているのだ。

率直に言えば、「能なし」だが、家臣たちが彼を評価するときは「御しやすい」と表現する。陰でそう言われているのを、知らぬ秀蘭ではなかった。

「好みの顔を選んだって、いいでしょう?」

秀蘭は天明が寄越《よこ》した文書にもう一度、目を落とす。彼の部下が書いた字だろう。そこには、「鴻蓮華を正妃にしたい」という内容が記されていた。

鴻家は、貴族ではないものの凰朔を代表する豪商だ。娘を後宮にあげて、貴族の位を得ようという家長の思惑が透けて見えた。

天明は「好みの顔」と言っている。妃嬪たちの「顔」を品定めするために、女大学へ身分を偽って乗り込む皇帝など前代未聞だ。しかしながら、こういった行動は今にはじまったものではない。

というより、天明はいつも「苦言は承知のうえだが、許容の限度はわきまえている」範囲で動いている。前帝の後宮でも、天明が手を出す相手は決まって宮女であった。皇帝の妻たる妃たちには、一切、手出ししていない。

「問題はないです。ただ」

秀蘭は脇に置いてあった筆をとる。

「鴻家は貴族位を持ちません。権力を持たせすぎるのも、よくありませんね」

秀蘭とて、最初から正妃となったわけではない。段階を経て、地位をあげていったのだ。本来の鴻家なら、盛って上から三番目の九嬪が精一杯だが……。

「徳妃《とくひ》。正一品なら満足でしょう」

上から二番目、正一品の位に書き換えた。天明の希望から一つ位を落とす形となる。代わりに、正妃を空欄にした。

天明の顔を確認すると、にこやかなままだ。あまり変化がない面持ちで、「なるほど、それもそうですね」などと言っている。

「そこまで考えが至らず、申し訳ありません。母上のおっしゃるとおりですね。過ぎた力はお互いによくない」

秀蘭の眉が一瞬動く。天明は深く頭をさげており、表情がよく見えなかった。

「用件はそれだけですか」

短く切って、秀蘭は文書を置く。

「はい」

顔をあげた天明は子供のように笑っていた。

くのだ。

❁　❁　❁

就学後、晴れて正式な妃となった者たちには自分の位が通知される。しかし、大学の合格発表のように、全員分の名前が掲示されたりはしない。本人のみに、文書が行くのだ。

とはいえ、噂は即座に広まるもので。誰がどの位に就いたのか、ほとんど筒抜けの状態であった。

後宮中を驚かせた報《しら》せは、正妃の座が空いていること。そして、正一品の面々である。この場合、正妃ではなく正一品に選ばれた四人が、後宮の頂点となるのだ。

正一品の一人は、鴻蓮華である。徳妃の位が与えられ、公の場では「鴻徳妃」と呼ばれることとなった。

「蓮華様！　ああ、蓮華様。蓮華様ぁぁぁああ！」

感激した陽珊が泣いている。地味に五・七・五になっていた。いや、季語がないから川柳《せんりゆう》やな。

晴れて徳妃となった蓮華には、大きな殿舎が与えられる。九嬪以上の上級妃にそれぞれ宛《あて》がわれる建物なのだが、これがとびっきり贅沢であった。

目の前に建つ「芙蓉殿《ふよう》」は徳妃のために用意されたものだ。鮮やかに着色された柱には、蓮の花が彫り込まれている。「芙蓉」とは「蓮」を意味しており、なんとなく蓮華のために建てられたような気になってくる。実際は、元々あった芙蓉殿を改装して与えられただけなのだが。希望すれば、別の殿舎を建てなおすこともできるらしい。だが、蓮華はその必要性を感じなかった。

「徳妃かぁ……」

感激している陽珊に気づかれないように、蓮華はつぶやく。

天明は蓮華に正妃の位を約束した。しかし、蓋を開けると上から二番目の正一品である。約束とはちがうが……鴻家の家柄を考えれば、ずいぶん高い位だ。

「字面《じづら》が最高にええわぁ。うち、お徳用パック大好きやねん」

スーパーの特価を愛せよ。買うならお徳用である。これも、大阪のオカンの唱えていた説法だった。ゆえに、蓮華は「徳」という文字に目がない。「安」とか「割引」という文字も大好物である。

とくに気にせず、芙蓉殿へ入っていった。居住空間が広くなるので、昼には鴻家から追加の使用人が送り込まれる予定だ。あと、大がかりなリフォームは必要ないが、内装くらいは好きにしたい。

正妃の位よりも、これから後宮で行う商売について考えるほうが、何倍も大事だ。

正妃という条件に満足せず、商いの許可も取りつけておいて、本当によかった。

そんな蓮華であったので、しっかり夜まで「模様替え」と「起業の準備」に時間を費やしてしまう。

「なんや、来はったんですか？　今ちょっと忙しいねん」

「は……？」

忙しさのあまり、芙蓉殿を訪れた皇帝陛下にも、ぞんざいな物言いをしてしまった。

外はすっかり夜が更け、暗くなっている。このような時間、妃たちは静かに待つのが慣例だった。夫たる皇帝の訪問を。

皇帝は好きな妃のもとへ通い、夜伽《よとぎ》を要求するシステムだ。事前に断りを入れる必要もないし、気まぐれでかまわない。妃と晩餐《ばんさん》を楽しんだあと、別の妃のところで夜を過ごしたって咎《とが》められなかった。なにせ、全員が自分の妻なのだから。

妃たちは夜になるとなにもせず、皇帝のお通りを待つ。ほとんど来る可能性のない下級妃たちも同じである。

とくに、この日は新皇帝の後宮が完成した初日だ。必ず、誰かに皇帝のお通りがあるはずだった。

そういえば、さきほど蓮華は身体を拭いて清めたのだ。夜になると、必ず女官が身体を拭く。これはなんらかの武器を隠し持っていないか確認する儀式でもあった。毎夜そうするらしい。蓮華も漏れなく女官に身体を拭かれたわけだが……そのような慣例について、すっかり忘れていた。サービスやなかったんかい。

「れ、れ、れれれ蓮華様……!」

思いがけず徳妃になり、おまけにいきなり皇帝が現れたものだから、事情を知らなかった陽珊が大慌てである。目をぐるぐる回し、「旦那様にご報告しなければぁ!」と叫びながら退室した。礼儀作法にうるさい陽珊だが、さすがに動揺しすぎである。

「お前は、いったいなにをしているのだ」

「なにって? お好み焼きの試作ですわ」

ちょっとキレ気味の天明に対して、蓮華はあっけらかんと答えた。部屋のど真ん中には、お好み焼き用の鉄板が用意してある。しかも、これは蓮華の特注品だった。新店舗に設置する予定だったものを、もう一つ後宮用に作ってもらったのだ。

鉄板の下には、バーベキューのように炭火が仕込んである。煙については、派手な建物の構造が功を奏した。吹き抜けの天井窓を開けておけば、部屋の中に煙が充満せずに済む。

「とりあえず、粉もん流行らせようと思いましてなぁ。今から焼くんですわ。主上さんも食べていきはる?」

「俺は現状の説明を求めたわけではないぞ。いや、説明はほしかったが……どうして、今日なのだ。お前は俺との約束を覚えているのか」

天明がいよいよ苛立《いらだ》った口調で頭を抱えた。そこで、蓮華はようやく天明が言っている意味を理解する。

蓮華は天明の「寵妃」になると約束したのだ。フリだけでいいとはいえ、そういう関係である。今日は天明が必ず後宮に来る日……つまり、寵妃となる予定の蓮華に会いに訪れるのは、わかりきっている話だった。

「いろいろ夢中になって、すっかり忘れとりました！　でも、ナイスタイミングやで。すぐにお好み焼きが食べられます！」

「潔く認めれば許すという問題でもないぞ！」

「せやけど、うちってフリだけでええんやろ？　やったら、お好み焼き食べててもええんとちゃいますか？」

「だいたい、なんだお好み焼きとは！」

蓮華は言いながら、深皿に入れたお好み焼き生地を混ぜる。凰朔国で小麦粉を手に入れるのは容易《たやす》い。野菜の類も、日本とは微妙にちがうとはいえ近いものが多かった。定番の豚肉や卵だってある。生卵は危険なので楽しめないが、お好み焼きとして焼いてしまえば大丈夫だ。ソースも実家にいるときから試行錯誤した自信作だった。

「だいたい、なんなのだ……この部屋は……」

「なにって、めっちゃええ感じでしょ？」

蓮華は首を傾《かし》げた。

「悪趣味だ……」

「ええ？」

イメージカラーは黄色と黒、つまり、虎である。実家にちょうどいい剝製《はくせい》があったので、壁に飾っていた。もちろん、床に敷く絨毯《じゅうたん》も虎だ。ほかにも、天井から垂らす布は黄色と黒で統一している。一日でやっつけたにしては、なかなかいい感じにまとまっていると思う。豹柄は残念ながら凰朔では入手困難だった。いつか豹も探さなければ。プリント技術もなく、刺繡で発注すると、絶妙にコレジャナイ水玉に仕上がってしまった。

「最高にテンションあがる配色やないですか。タイガースですわ。虎もええ」

蓮華は両手を広げて、その場で一回転して見せた。本日は襦裙の上から、虎の肩掛けをまとっている。鴻家にいるころから愛用している披帛《ひはく》だ。位がつくまでは部屋が狭いと聞いていたので、実家に置いていた。晴れて広い殿舎が与えられたので、使用人に持ってきてもらったのだ。

だが、鴻家の実家では許されたのに、天明にはよさがわからないらしい。

蓮華は口をムッと曲げながら、鉄板にお好み焼きのタネを垂らした。ジュワーっと、いい音が響く。

「だから、お前は……俺がなにをしに来たと思っているのだ」

「なにしに来たん？」

「後宮に皇帝が来る目的など、いくつもあってたまるか！」

「ええツッコミですわ！」

もちろん、皇帝は後宮へ夜伽にやってくる。世継ぎを残すための大切な行為だ。それ以外はない。

だが、天明は蓮華に別の目的を告げたのだ。そして、蓮華は彼の「名目上の寵妃」となる約束をした。だから、「本当の寵妃」になる必要などない。

「主上さん、ええ男ですけど……うち、やっぱりバースみたいな、やるときにやってくれる漢前《おとこまえ》が好きやねん……」

「馬阿巣《ばあす》？」

「でも、主上さんの腹筋はいくらでも触らせてほしいねん」

「お、お前は……」

身の危険を察したのか、天明は自らの腹を腕で隠すようにしながら蓮華から距離をとる。その間にもお好み焼きは、ええ感じに焼けていた。蓮華は頃合いを見て、コテを二本取り出す。

「ほな、行きまっせ」

襦の袖をまくり、蓮華は気合いを入れる。そして、生地を一気に引っくり返した。こんがりとした焼き目が上側に来て、生焼けの面が下になる。よっしゃ、成功。

「ほんまはたこ焼きがしたいんやけど、蛸が凰朔にあらへんからなぁ……なあなあ、主上さんの力でなんとかなりません？」

「都合のいいことを言うな。だいたい、なんだその……䖳《たこ》？　祭りであがる䖳を食べるのか？」

「蛸や、蛸。蛸！　頭が丸くてな。足がにょろにょろと、八本生えた生き物なんですわ。美味しいで？」

蓮華はいつも商人たちに見せている絵を取り出してみせた。

「なんだそれは……妖魔かなにかか。気色が悪い」

天明は顔をしかめながら、口を押さえていた。ありがとさん。たいてい、みんな同じ反応やで。

そうしているうちに、お好み焼きが仕上がってきた。鴻家で試行錯誤して作った特製ソースを塗って、青のりと削り節をかける。こちらの世界に青のりと削り節があるのは驚いた。醬油の件もそうだが、向こうと似て非なる文化が育っていると考えていいだろう。しかも、向こうとは多少、文化の成長スピードも異なっている。

仕上げは白いタレ。「門外不出の秘伝白酢」という名をつけたが、はっきり言えばマヨネーズである。卵は殻を酒で消毒してしっかりと洗浄しており、酢が入ることでサルモネラ菌が死ぬので、まだ食中毒を出したことはない。飲食店としては一番怖い事故だ。徹底している。

「完成や。ほな、主上さんも食べましょか」

蓮華はコテを使ってお好み焼きを切りわけた。外はカリッと、中はふんわりしている。湯気がほわんとあがって、我ながらいい出来だと思う。

これを後宮で流行らせたら面白い。最初はお好み焼きの屋台を作って、売るのだ。上手いことといけば、次はお好み焼きをいつでも食べられるという触れ込みで妃たちに鉄板を買ってもらう。特注品だが、まとまった数を発注すれば利益になる。

「あれ、どないしました？」

蓮華の差し出したお好み焼きに、天明は手をつけようとしなかった。首を傾げていると、天明は前髪をわけながら息をつく。

「毒味もしていないものを、食べられるはずがないだろう」

ああ、そういう……皇帝ともなると、なにかを食べるのも大変だ。そういえば、蓮華も、陽珊からくれぐれも注意するよう言われていた。このお好み焼きに関しては、蓮華が発注した食材しか使っていないので大丈夫だと思うが。

「ほな、この間の飴も食べへんかったんですか？」

「――当たり前だ。捨てた」

「捨てるくらいやったら、返してくれたほうがええのに。もったいない！　ほんまに、お貴族様だの、皇族様だのは食べ物粗末にしすぎや！」

だが、天明の言うことにも一理ある。彼らは毒殺の危険が高いのだ。知らない人間からもらったものなど、軽率に食べられない。もしかすると、夏雪が飴を捨てたのも初対面で蓮華を警戒していたのかもしれなかった。

「まあ……なんや。こっちも軽率でした」

蓮華はむくれながらも、自分の非を認める。そして、あつあつのお好み焼きを箸で一口分にした。ふうふうと息を吹きかけて冷ましてから、口へ含む。焼きたての生地は熱くて、「あっふ」と息が漏れた。

凰朔のキャベツは少々苦みがあるが、加熱すると甘みが増す。野菜の水分でしっとりと、しかし、粉物特有のふっくらとした食感に、思わず笑ってしまう。長芋がよくきいていた。こちらの芋は粘りが強くて、とてもいいお好み焼きになるのだ。

蓮華はチラリと天明に視線を向ける。天明は意識的か、無意識か、こちらをずっと見ていたが、蓮華と目があうと顔をそらした。

「毒は入っとりません」

蓮華自身が毒味をしたから大丈夫。そう主張しているつもりだ。

「………」

天明は黙ってお好み焼きを凝視していたが、やがて器を受けとった。

「一番に口をつける妃があるか。今後は別の者を間にはさむことだ。鴻徳妃」

蓮華に位を自覚させるためか、天明は「鴻徳妃」をやけに強調した。たしかに、蓮華は名目上とはいえ、正一品の位を持った「皇帝のお気に入り」である。今の時間も、周囲には皇帝と夜伽しているという設定なのだ。まあ、天井の窓からお好み焼きの匂いと煙がモクモクあがってるんやけどな。

「後宮っちゅうんは、難儀なとこですなぁ」

鴻家はいわゆる「お金持ち」で、蓮華も「お嬢様」などと呼ばれる身分だ。けれども、少なくとも天明よりは自由に暮らしてきた。冷静に考えると、娘が高熱で寝込んだかと思えば、いきなり関西弁で「倹約や！」などと言い出して……我ながら、絶対に頭がおかしくなったと疑う。あれ？　うちのお父ちゃんやお母ちゃん、実はめっちゃおおらか？

「やけど……なんで、皇太后さんを失脚させたいんです？　主上さんの、実のお母様なんでしょう？」

こんな小細工までして。実の母親なら、話しあえば多少はわかるものだろう……蓮華だって、皇族の権力争いがどれくらい大変か想像がつく。敗者となれば処刑や流刑。悪くすれば、一族郎党皆殺しだ。そういう世界で、実の親を追い落とすなど――。

「説明したはずだ。母は――秀蘭は前帝と、他の妃が産んだ皇子も殺害して、今の地位を手に入れたのだ。目的のためなら手段を選ばず悪逆を働く女を討つには、充分な理由ではないか？」

「せやかて、主上さんのお母様やし……話せばわかってくれへんのですか？」

「話しあいなど無駄だ」

天明はそう切り捨て、顔をそらした。この話は終わりだと言われている。これ以上は聞いても、無駄だ。閉店ガラガラ。

「…………」

天明は蓮華の焼いたお好み焼きを訝しげに箸で突《つつ》く。どうやら、マヨネーズが気になっているらしい。匂いを嗅いだり、横からながめたりしたあとに、箸でつまみあげて口に入れた。

「…………！」

その途端に、目を丸くして驚いている。だが、口の中のものを咀嚼《そしゃく》する動きは止まらなかった。なにも言わないが……これは「美味しい」の反応だと蓮華は本能的につかんでいた。

「おかわり、ありますけど？」

「ん……」

蓮華がにこにことうながすと、天明はあっという間に平らげた器を無言で寄越すのだった。スカした態度が気に入らなかったが、こういうところは可愛げがある。まあ、うちの好みはバースみたいな豪胆な漢なんやけどな。大阪のオカンから阪神の名試合を子守歌代わりに聞かされて育ったせいや。まさに英才教育。

いろんな親子がいる。それは、前世だって一緒だった。上手くいっていない家庭というのも、たしかにあったと記憶している。むしろ、前世の物差しで考えるなら、鴻家の親だって、どうかと思う。こんなん娘を売りつけるようなもんやし。

ま、しゃあないな。

「よう食べる兄ちゃんは、嫌いやないわ」

前世の蓮華には子供などいなかったが、天明がたくさん食べてくれると、息子を持つ親の気持ちになってくる。そういえば、飲み屋でも気分がよくなると知らない兄ちゃんにお酒をおごっていた。

天明と蓮華は契約関係だ。寵愛もなければ、執着もない。天明がなにを考えているのか、はっきりわからなかった。

それだけでいいのだろうかと蓮華は考える。蓮華には、天明が歩もうとしているのが安穏とした道には見えないのだ。

蓮華にできることはあるだろうか。お節介だと言われるだろう。前世でも、よく言われていた。

だが、蓮華は自分のありようを変えたくない。目の前にいる誰かのために、なにかをしたい。これは蓮華の原動力でもあった。接客が好きなのも、そこに起因する。

蓮華は一旦考えるのをやめて、二枚目のお好み焼きを作りはじめた。

二

新しい後宮において、妃たちの位は誰もが気になるところだ。ことに、正妃と正一品については、注目される。

正一品の一人、賢妃《けんひ》の位が与えられたのは陳夏雪であった。これより、彼女は陳賢妃と公に呼ばれる。

正妃不在での正一品だ。同じ位を持つ妃は他に三人いるが、実質、後宮の頂点である。陳家の姫として育てられた夏雪にふさわしい位でもあろう。夏雪は宦官から位を告げられたとき、納得しながらうなずいた。当たり前だ。

他の正一品の面々を確認するまで、夏雪は特に感情を動かされなかった。

「どうしてですか！」

徳妃になったのは――鴻蓮華！

なぜ、あの女が徳妃になど。夏雪と同じ正一品ではないか。賄賂は多いだろうが家柄を考慮しても、九嬪が限界である。

あのような女と同じ位など……夏雪の誇りが許さなかった。それだけではない。なんと、すでに鴻蓮華に皇帝のお通りがあったという話だ。そのことで、後宮の話題は持ちきりだった。

主上は、鴻蓮華を寵妃に定めたのではないか。

「夏雪様……」

夏雪が奥歯を鳴らすので、侍女たちが狼狽《ろうばい》している。彼女がこのような表情をすることなど、ほとんどない。よほどのことだと、周囲にも伝わった。

「なんのために、あのような細工までしたと……」

夏雪は親指の爪を噛《か》みながら、扇子を閉じる。

鴻蓮華の持ち物に仕込んだ筆は、夏雪の侍女が誤って破損させたものだった。それを夏雪が「咎を受けたくなくば、鴻蓮華の持ち物にひそませなさい」と指示したのである。夏雪から解雇されたくなかった侍女は、実に上手くやってくれた。

——飴ちゃん、どうぞ。

夏雪は幼いころより、後宮へ入るために菓子の類は制限している。家人の用意した食事以外を摂《と》ると、すぐに太り、顔に出来物が現れるのだ。そのような努力も知らずに飴など渡してきた鴻蓮華の無神経さが頭にきた。

本当は夏雪も、甘い菓子を食べたい。けれども、ずっと後宮の妃になるため我慢してきたのだ。むしろ、あんな飴などをいつも食べているのに、妃になれる容姿を保っていられる鴻蓮華が憎らしい。他の妃も同じだが、彼女には特別怒りを覚えた。

「……すぐに筆の用意を」

夏雪は怒りを剥《む》き出《だ》しにしたまま、侍女に指示をする。

❀　❀　❀

陳賢妃——夏雪からの書簡が芙蓉殿に届けられた。

「なんや、あのお姫《ひぃ》さん。うちのこと嫌いやなかったん?」

書簡に目を通したあと、蓮華はため息をつく。内容はざっくり「ぜひ、お茶会をしましょう」というものだ。だが、陽珊は厳しい表情を崩さなかった。

「蓮華様。この文面から、どうしてそのような楽観的なご意見が出るのでしょうか」

「え？」

陽珊がため息をついて解説する。

「いいですか。これは、ただの茶会ではございません。陳賢妃は蓮華様との『和解』を望まれているとあります」

「せやから、仲直りすればええんやろ？　謝ってくれたら、うち許すし」

「ちがいます。陳賢妃は蓮華様からの『謝罪』を求めているのです」

ああ、なるほど。夏雪とは女大学で一悶着《ひともんちゃく》あった。たしかに決着《ケリ》はついていない。

結局、夏雪の筆を蓮華が持っていた理由も、壊した筆の弁償も宙に浮いたままだった。その『謝罪』を蓮華に求めているのだろう。

考えてみれば、これは「お茶会に招待します」という文面ではない。「和解をしてやってもいいから、茶会をセッティングしろ」と書かれている。つまり、提案者は夏雪であるのに、蓮華がホストをしろという要求なのだ。陽珊の言うとおりだ。

「やはり、あれは陳賢妃の嫌がらせだったのです」

陽珊が口をへの字に曲げている。彼女も苦汁を嘗《な》めさせられたので、怒っていた。

「そうなんかなぁ？」

「そうにございます。現に……お茶が買えませんでした」

「は？」

お茶？　なんで？　蓮華が首を傾げていると、陽珊は両手を広げて声を裏返した。

「一定等級以上の茶葉が買えなかったのです！　この陽珊、書簡をいただき、真っ先に茶葉をおろす商人に交渉しましたとも。けれども、高級な茶葉は売っていただけなかったのです。きっと、陳賢妃が手を回したのです」

「せやったら、後宮の外から仕入れたらええんとちゃう？　って、あ……」

そこまで言って、蓮華はペンッと額を叩いた。てへぺろ。セルフツッコミ。後宮で商売をする際に、天明から言いつけられた条件を思い出したのだ。

後宮での商売は競争禁止である。

宝飾品を売る権利を持った商人。反物は、別の商人が。化粧品や書物も、それぞれに独占業者がいる。同じように、茶を売る商人も一人しか出入りできないのだ。

それ以外の場所から茶を仕入れることも禁止されている。「これは薬である」と言い張ればやれなくもないが……非合法なので指摘された場合が怖い。

ルールを聞いたときは「隙間産業なら、ええんやろ？」と気軽に構えていたが、それを仕入れの枷《かせ》に転用されるとは。夏雪という娘は頭がいいのかもしれない。的確に痛いところを突いてくる。

「貴族のお姫様たちとお茶会するんに、安いお茶じゃあかんわなぁ……」

「安いどころか……蓮華様のお茶は原価がありません。あと、美味しくないです

「……」

「あれだって、ぼちぼちやろ！　……ちょっと独特なだけや」

蓮華が飲んでいるお茶は、実はドクダミ茶なのだ。後宮の庭にドクダミが生えているのを発見したので、干して茶にしている。胃や腸に優しく、タダで飲める健康茶だ。こちらでは、蕺菜《しゅうさい》という名で漢方の素にもなっている。

案外、美味しい……そう、美味しいと思えば飲める。だが……このお茶を他の正一品に飲ませるのはまずいというのは理解している蓮華であった。

「まあ、なんとかなるやろ」

「なんともなりませんってば！　どうするんですか！」

「大丈夫やって！　うちにまかせとき！　いざというときのために、節約してんねん。使うときは、パァーっと派手に行くで！」

蓮華は胸を張って、トンと叩いた。

「うちを誰やと思ってるん？　カーネル・サンダースの呪いから大阪を救った女やで」

「三蛇吾酢《さんだぁす》？」

「カーネル・サンダースな。とにかく、陽珊。準備してほしいもんが二、三あんねんけど」

「はあ……それはそうと、蓮華様。お言葉をお改めください」

「ああ、せやったせやった。すんません」

「蓮華様!」

不安そうにする陽珊を他所《よそ》に、蓮華は得意げに笑った。

三

夏雪から送った茶会の申し入れは、すぐに受け入れられた。鴻蓮華、否、鴻徳妃からは快諾の返信が届いている。

さて。いったい、茶葉はどうするつもりなのか……ちょうど新茶が出回る時期である。貴族たちの茶会は、当然のようにそれらを仕入れて行う。

古い茶葉を出したって夏雪は騙されない。幼いころより最上の教育を受けてきたのだ。良家の娘は政のために結婚をする。貴族や皇族に嫁ぐための英才教育を受けるのだ。姉たちだってみんな良家へ嫁いでいった。そうやって政治的に結びつきを強めるのが目的だ。そして、夏雪は後宮へ入るために教育されてきた。

成りあがりの下賤《げせん》な商売人とはちがう。

「どうぞよろしく。陳賢妃」

同じく茶会へ向かう正一品、遼淑妃《りょうしゅくひ》から声をかけられる。彼女も陳家と並ぶ大貴族の娘であった。

幼さの残る顔に反して、豊満な胸部を広く露出した大袖の襦が目を引く。艶《つや》めかしさは化粧のためだろうか。身体の発育がいいので、それを活《い》かす衣装だとは理解できるが……少々不釣り合いだった。

ここは後宮だ。大勢の女たちが美を競って皇帝の気を惹《ひ》こうとしている。とくに今代の天明帝は大変な好色家という話だ。ゆえに、年齢の割に色気を強調する妃が多い。夏雪の好みではなく、あまり風紀もよく感じなかった……夏雪も精一杯背伸びをしているが、痩せて貧相な身体を晒《さら》すだけとなりそうだ。

「よろしくおねがいします、遼淑妃」

「はい。よろしくおねがいします、陳賢妃」

夏雪は輿《こし》に乗ったまま、遼淑妃にあいさつする。四人の宦官が安定した歩調で夏雪を運んでくれていた。後宮は狭い世界とはいえ、歩くとかなりの距離になる。上級妃たちにとっては、輿での移動は当たり前だった。遼淑妃のほうも、同じように輿に乗っている。

夏雪は、ふと空を見あげた。瑠璃色の瓦が陽射《ひざ》しを返し、美しく輝いている。小鳥のさえずりが聞こえるが、近くに木々が見当たらない。

ここは閉鎖された空間である。役割のよくわからない大きな建物がいくつも並び、夏雪たち妃を逃がさぬよう囲っているようだった。

陳家にいるときから、夏雪は屋敷の外へ出たことはない。しかし、ようやく出た世界は、箱の大きさが変わっただけだった。

「あら」

夏雪は青い空に一筋の白を見て、眉を寄せた。雲ではない。空へあがっているような……狼煙《のろし》？　否、煙である。なにかが燃えているのか。

上級妃に与えられた殿舎には厨房があり、調理をしていい決まりになっている。しかし、それ以外で火を使う用事など、後宮にはないはずだ。

煙は芙蓉殿――鴻徳妃の殿舎からだった。怪訝《けげん》に思いながらも、夏雪は宦官たちに進むよう指示を出す。もしも、芙蓉殿が火事ならいい気味だ。

「あれは……」

芙蓉殿が見えるころになって、夏雪はいよいよ表情を歪めた。確認すると、遼淑妃も同じようだ。

なんですか、あれは？

芙蓉殿は、夏雪や他の正一品の殿舎と同じく壮麗であった。吹き抜けの構造なのか、天井がとても高いのが特徴だ。正面から両側へと鳳凰《ほうおう》が羽を広げるように、優美な曲線を描く屋根が立派である。

けれども……庭では煙があがっていた。四角い箱のような容器に炭を詰め込み、焼いている。上には、奇妙な形の鉄板が置かれていた。半球のような形のへこみがいくつも見える。

横では、鴻徳妃がなにかを混ぜていた。得意げな顔である。

それにしたって……私服の趣味が斬新だ。後宮では鮮やかな色合いが好まれると言っても、黄と黒の縞模様《しまもよう》の襦裙は派手すぎる。まるで、虎だ。猛々《たけだけ》しい。あんな衣を着ている女性など、見たことがなかった。男だって、なかなか着ない。出陣前の武将でもあるまいし。ましてや、ここは後宮である。

これはこれで評価に困る装いだ。虎は縁起のいい獣であるが、女の着物ではない。しかしながら、鴻徳妃には馴染《なじ》んでいるような気がした。不思議だ。

「あ！　お姫さーん！　よう来たなぁ！」

鴻徳妃がこちらに気づいたようだ。みっともなく大声を出して、夏雪を呼んでいた。横で侍女から「蓮華様！　お言葉！　お言葉！」と指摘されている有様だ。

「いらっしゃいませ……やなくて、ようお越しくださいました。お待ちしておりましたわ」

鴻徳妃はにこにこと締まりのない笑みで、夏雪のほうへと駆けてくる。このような振る舞いは庶民のやることだ。いちいち下賤で嫌らしい。大富豪の娘なのだから、もっと教育されるべきではないか。

「これはなんの真似《まね》かしら。わたくしはお茶会に招かれたのではなかったの?」

要求したのは夏雪だが、形の上での主催者は鴻徳妃だ。その姿勢を崩さずに問う。

すると、鴻徳妃は「もちろんですわ」とうなずいた。

「すんません。先に、はじめてしまって」

「先に……?」

夏雪は庭を少し見回す。珍妙な焚《た》き火に気をとられていたが、そこには茶会用の机と椅子が備えつけられていた。すでに一人着席している。夏雪と同じ正一品である、劉貴妃《りゅうきひ》だ。

「失礼しております」

劉貴妃は食していたものを置き、にこやかにあいさつした。とても満足したような笑顔だ。

なにを食べたというのだろうか。劉貴妃は食にうるさく、偏食だ。食事に関して侍女を怒鳴りつけることがあると聞いていた。そんな劉貴妃が満足している?

「そろいましたね……ほな、はじめましょ」

鴻徳妃が口角をつりあげて笑う。心なしか頼もしく感じ、夏雪は「うっ」と怯《ひる》んでしまった。彼女のこういうところが、やりにくくて苦手だ。視界に入れたくはない。

「タコパにございます」

宣言し、鴻徳妃は両手を叩いた。

❀　❀　❀

さあ、腕の見せどころや！

蓮華は陽珊から襷《たすき》を受けとる。それを慣れた手つきで襷掛けにした。やはり、この襦裙の大袖は邪魔である。しかし、虎柄の襦はテンションがあがった。

「蓮華様、どうぞ」

「まかせとき！　……やなくて、おまかせあれ」

蓮華は肩を回し、目の前に置いた鉄板を見おろした。丸いくぼみがいくつも作ってある特注品——たこ焼きプレートである。炭火で焼かねばならないので、火加減がむずかしいが、それはお好み焼きでも慣れていた。油を馴染ませれば、準備完了だ。

ずっと改良に改良を重ねていた品だ。やっと試作機ができたので、今回、初めて実戦投入した。いわゆるプロトタイプや！

深皿の中に入っているのは、小麦粉と出汁《だし》をベースに作った生地である。それをたこ焼きプレートに流し入れる。ジュワーっと生地が焼ける音が辺りに響いた。これこれ。この音がたまらへん。

「な……な……なにをしているのかしら!?」

蓮華の行動に夏雪が口を震わせている。怒りのような感情も見えた。

「なにって、タコパですわ。まずは、みなさんわからんでしょうから、私がお手本見せますね」

言いながら、蓮華は紅生姜を生地に撒《ま》く。次に青葱、そして天かすを散らした。素手で。後宮の妃が、素手で料理をしている。

「そういうことではなく……凧派《たこぱ》? 今回はお茶会なのでは……それに、どうして、あなたが料理なんて! そんなものは下々の者にまかせなさいよ!」

「料理するんは、私だけやないです。みんなで作るんですわ」

「はあ!?」

夏雪はだいぶご立腹のようだった。

「安心してや。私の粉もんの腕は、主上さんもお認めになってるんです」

実は昨夜も天明は芙蓉殿を訪れている。その際に、たこ焼きの試作品も食べたのだ。お好み焼きのときと同じく、文句を言いながらたくさん平らげてくれた。天明は細身なのに、よく食べるので気持ちがいい。

お好み焼きで勝負しようと思っていたが……やはり、四人もそろうのであればタコパのほうが楽しい。急遽《きゅうきょ》、計画を変更したのだ。

「しゅ、主上が……？　これを……？」

なにがショックだったのか、夏雪は口を半開きにしたまま顔を硬直させてしまった。うち、なんか悪いこと言うた？

夏雪と同時に到着した遼淑妃も意外そうに目を丸くしている。

「本当に主上が……？　お小さいときの事件以来、贔屓の厨師《ちゅうし》が作る料理以外は口になさらないと評判でしたのに……」

遼淑妃の漏らした情報に、蓮華は眉を寄せる。

天明は二度、蓮華の料理を食べていた。これは確実だ。

たしかに、最初はお好み焼きに難色を示していたし、飴も捨てたと言っていた。だが、毒が入っていないとわかると普通によく食べる。たこ焼きについては、付き人の颯馬に毒味させたうえで食べていた。

ただの偏食が周りに勘違いされたのでは……？　事件というのは気になるが。

「はぁい、鴻徳妃。あたくし、次は回してみたいです」

驚いて口が塞がらない様子の夏雪や遼淑妃を押し退ける形で、劉貴妃が前に出た。彼女は少し早めに着いたので、先に第一陣のたこ焼きを食べていたのだ。

今は、天明の件は後回しにしよう。

「あいよ！　お待ち！」

まあ……蛸が手に入らんから、別の具材なんやけどな。

蓮華は煮込んだスジ肉を、生地の一つひとつに入れ込んでいく。ほかにも、辛めに味つけをした干し魚や、変わり種のチーズも用意してある。これだけの食材がそろうのに、蛸がないってどういうこっちゃ！　鰹節《かつおぶし》ですら、東から輸入できたのに！

「こうやって、回すんですわ」

蓮華は劉貴妃にお手本を示す。もちろん、たこ焼きピックも特注なので使いやすい。

生地を上手いことまとめて、くるっと回した。

それを真似して、劉貴妃も生地を引っくり返す。手つきがおぼつかないし、少々不格好だが初めてにしては上出来だろう。不器用もタコパの醍醐《だいご》味や。大阪人にも、下手なんはぎょうさんおった。

「楽しそうですね。ん……いい匂い。それに……すごいです。汁がこんな風に固まるところなんて、初めて見ましたわ」

二人で仲よくたこ焼きを突いていると、遼淑妃も興味を示してきた。可愛らしい顔やのに、どえらい色気のある別嬪さんや。あざといけど、こういうのに男はクラッとするんやろうなぁ。後宮は見目を観察するだけでも飽きへんわ。

「小麦粉入ってますからね。焼いたら、ふっくらするんですわ」

「ふっくら……これは、やわらかいの？」

「焼けたら、トロトロふんわりです。いっちょ、やってみますか？」

「ええ、いいのかしら？　お料理なんて、初めて」

「そこの劉貴妃さんも初めてやさかい、大丈夫です」

劉貴妃も遼淑妃も貴族のお嬢さんである。料理に参加するという概念がなく、興味津々だった。彼女たちは、料理は誰かが作ってくれて、毒味されたあとのそれを食べるという生活しかしていない。

「こう……ですか？」

遼淑妃は慣れない手つきでたこ焼きを突っつき、なんとか回す。彼女は器用なようだ。三個目辺りから、上手くいきはじめる。遼淑妃は可愛らしい顔をほころばせ、楽しそうに頬を紅潮させていた。

「ちょ……ちょっと、あなたたち……！」

三人でタコパを楽しんでいるところに、夏雪が声をあげた。顔を真っ赤にして、怒っているようだ。茹で蛸や。

「こんなもの……まるで庶民だわ！　下賤よ！　煙で衣に匂いがつく！　汚らしい……それに、わたくしは茶会に来たのです。なのに、どこにもお茶がないではありませんか！」

夏雪が叫ぶものだから、遼淑妃や劉貴妃も萎縮してしまった。けれども、蓮華はカラッと笑って陽珊に合図する。

「そう言われるんを、待ってました。お茶よりも珍しいモンを用意しときましたよ」

陽珊が箱から銀の水差しを取り出した。貴族たちや皇族の間では、銀の食器類が一般的に使われている。毒物が混入されたとき、酸化物であれば変色するからだ。当然、コップも銀製であった。

注がれた液体を見て、夏雪が顔を歪める。

「な、なんですか……この色……」

夏雪が口をパクパクと開閉させていた。くるみ割り人形かな。

「香蕉《バナナ》と橘子《みかん》、それから牛奶《牛乳》と砂糖を加えた鴻家特製のミックスジュースですわ」

「三久須重素《みっくすじゅうす》?」

夏雪があんぐりと口を開けていた。一方で、他の二人の妃は頬に手を当てて笑顔を作る。

「お砂糖に……牛の乳まで……どれだけ贅沢なのかしら」

「香蕉を食べたのは何年前でしょう……」

こちらの世界でバナナに相当する果物は非常に貴重な輸入品である。バナナひと房で庶民一年分の給与が飛ぶと言われていた。牛乳も滋養強壮の薬として飲まれている程度で、なかなか口にするのは叶わない。砂糖は貴族のお菓子に欠かせないが、安易に手が出せる値段ではなかった。

それらを贅沢に使って再現した……大阪名物ミックスジュース！　庶民のお店では、なかなか出せなかったが、富裕層向けのＶＩＰルームでは人気の商品だった。

しかも、とっておきの秘密があんで。

「え、冷たっ……」

陽珊からコップを受けとった夏雪が目を丸くした。蓮華はにんまりと笑って、ミックスジュースが入っていた箱を示す。

「鴻家の所有する氷蔵から、氷をもろてきました。ミックスジュースは、よぉく冷えてるほうが美味しいですよ」

貿易に関わる鴻家ならでは。飲み物に入れるほど清潔な氷ではないが、箱にジュースと一緒に保管しておけば簡易的なクーラーボックスになる。

たこ焼きプレートもミックスジュースも、後宮向けに商売をするために用意した。

ここにおるお嬢様方は、みぃんな金持ちやからな。正一品のお茶会……むしろ、好機やわ。気に入られて購入してもろたら、後宮で流行るんも時間の問題や。

蓮華はにこにこと笑いながらも、腹の底では「ガッハッハッ」と豪快に仰《の》け反《ぞ》りたい気分だった。

侍女が毒味したのを確認してから、夏雪は訝しげにコップへ口をつける。

そして、すぐに表情を変えた。

「あ……甘い……」

ミックスジュースを飲んだ夏雪が目を見開いた。遼淑妃と劉貴妃も、ミックスジュースを求める。その間に、蓮華はたこ焼きを盛りつけた。

「はい、ぎょうさんお食べください」

蓮華は皿に盛ったたこ焼きを、妃たちに示した。

特製のソースはお好み焼きの転用だ。青のりの彩りがよく、鰹節が踊っている。我ながらいい出来だ。

蓮華は匂いを吸って、思わず楊枝《ようじ》を手にとる。陽珊が「蓮華様！　私が毒味を！」と言っているが、その前に口へ入れてしまった。そんな細かいこと気にせんでも……うちが仕入れて作ったんやから大丈夫やろ。

外側がほんまにええ焼け具合。火加減のせいか、ちょーっと焼けすぎているところもあるが、これはこれで美味しい。カリッとした部分を噛むと、中からトロトロふわふわの生地があふれ……あっちち。舌火傷《やけど》しそうやわ。でも、美味しい！　まあ、蛸やったら最高なんやけど。牛スジ煮込みも、これはこれでイケるわ。

「お二人も、食べてみてください。本当に美味しいの……見目もこんなに可愛い」

第一陣を食べていた劉貴妃が他の二人にも勧めた。なるほど、たこ焼きの見た目が可愛いとは……たしかに、丸いし可愛いかもなぁ？　えらい茶色いけど。

「あら、美味しい……！」

遼淑妃も笑顔になる。口を半開きにして、はふはふと湯気を吐きながら、たこ焼きを食べはじめた。着飾っていると彼女もお姫様だが、こうしていると年相応の少女だ。

遼家は古くからの名家である。歴史と伝統を重んじる厳しい家柄と聞いているが、遼淑妃の様子を見ていると、そこまで頑固ではなさそうだ。現在の秀蘭が実権をにぎる皇城では、遼家は地位を落としているらしい。娘を後宮に入れたのは、皇帝に取り入って地位を取り戻すためだろう。

後宮の美姫《びき》と言っても、ほとんどが十四歳から十六歳前後である。蓮華だってそうだ。それなのに親元を離れて、世間から隔離され、たった一人しかいない皇帝の寵愛を巡って争うのだ。

この世界の娘、とくに貴族はそれが当たり前だ。後宮へ入らなかったところで、彼女たちは別の家に嫁いだことだろう。

蓮華はその制度を否定する気はない。それがルールなのだから。本人たちが納得していればいい。蓮華だって文句しかないが、なんだかんだ脱走せずに、ここにおさまっている。否定する権利はなかった。

だが……本当にこれでいいのだろうか、とは思う。

「こんなもの……」

ただ一人、夏雪だけが声を震わせていた。唇を噛み、正面から蓮華を睨みつけている。目が充血し、涙も出そうだった。本気で怒っているのだと嫌でも伝わる。

しかし、そう言いながらも口元は動いていた。たこ焼きを食べている。

「こんなものなんて……」

夏雪の顔がだんだんとくしゃくしゃになっていく。それでも、たこ焼きを食べる口は止めていなかった。よく咀嚼して、ごくんと飲み込む。何個も、何個も。

しん……と静まり返る。

夏雪の様子に、他の妃たちも言葉を発しにくそうだった。

「どうして」

夏雪の目から一筋涙が流れる。

「どうして……わたくしに美味しいものを食べさせるの……!」

叩きつけるような声だった。

夏雪は両目から涙を流しながら、たこ焼きの器を引き寄せる。そして、慣れない手つきで楊枝を使い、たこ焼きを食べた。黙々と咀嚼し、飲み込む作業を二度終えると、ようやく手が止まる。

「こんなものを食べたら……太ってしまうわ」

とても美味しいものを食べているときの反応ではなかった。怒っているとも、少しちがう。悲痛で千切れそうな声音であった。涙がしとしとあふれ出て、肩が震える。

「わたくし、日に食べるものは決まっているの。お茶会で余分に食べたら、それだけ夜を抜くのだわ……そうしないと、すぐに醜くなるのよ……！」

他の妃たちは、ピンときていないような顔だった。彼女たちは体形について気にしたことなどないのだろう。蓮華も、今世に生まれてからはあまり意識しなかった。

「わかるで……食べたらすぐ太るもんなぁ。粉刺《ニキビ》もできるし」

だが、しかし。前世の蓮華は美女でもなんでもない。食べすぎればその分太るし、ニキビも絶えなかった。毎日、筋肉体操をし、食事に気をつけなければ、オバハン体型まっしぐらだった。

「でもなぁ……」

蓮華は不意に、夏雪に近づいた。夏雪はビクリと驚きながら、蓮華を見あげる。

「こんな鶏《とり》ガラみたいな細っこい手ぇが、綺麗《きれい》やとは思わへんよ？」

夏雪の手首をつかんで袖をまくる。夏雪は美しさのために食事を制限していると言ったが、そこにある手は、まさしく骨と皮だ。爪には艶がなく、肉などほとんどついていなかった。貧民街の痩せ細った子供よりは幾分健康的な肌色をしているが、それでもお金を持っている貴族の身体とは思えなかった。

当初はどえらい美少女だと思ったが、こうして見ると痩せすぎだ。顔だけがお人形さんのように整っている。

夏雪は気丈に蓮華を睨みあげた。

「わたくしが、どれほど苦労しているか……あなたにはわからないでしょう!」

「せやけど、不健康や。もしかして、顔が丸いのが悩みやないんですか?」

浮腫《むく》みやすい人間はいる。顔の割に、存外手足が細かったりするのも珍しくない。夏雪は顔との均衡をとるために、全体の体重を落として調整しているのだろう。

蓮華の指摘に、夏雪は黙り込んでしまった。

「適切な食事と運動をしたらバランスとるんはむずかしくあらへん。むしろ、そうせんと先に身体壊しまっせ?」

「場蘭簾《ばらんす》?」

「もっと綺麗になれるいうことですわ。もちろん、美味しいモンを食べながら」

「もっと……? 食べながら?」

「そう、もっともっと綺麗になるんや。そして、お腹《なか》いっぱいで幸せになりましょ」

蓮華が笑うと、夏雪は訝しげに眉を寄せた。

「このミックスジュースなんやけど。手動のミキサーで作ってんねん。野菜ジュースかて作れるんですわ。要は均衡のとれた食生活が大事や。あと、食べた分は食事の量やなくて運動で調整すればええ。せやな……そうや、みんなで野球しましょ！　うち、観《み》るんも好きやけど、昔は少年野球のピッチャーやったんですわ」

「な、なにを言っているのかしら……」

夏雪には伝わりにくい語彙をたくさん使ってしまったらしい。蓮華はむずかしさを感じながら、言葉を選ぶ。

「んー……いろいろ教えたるってことですわ。うちにまかしとき！　食べて、運動して、健康的な別嬪さんになりましょ！」

夏雪は蓮華を見あげて、ポカンと口を開けていた。けれども、しばらくするといじらしい顔で目をそらす。

「そ、そんな甘言にはのりません……だいたい、あなたはわたくしの筆を盗んで壊したのです。その謝罪をまだ――」

「ああ、せやった！　ごめんやで！　陽珊、あれ持ってきてや」

指示をすると、陽珊はすぐに用意していた品を取り出した。

蓮華は夏雪の前に差し出した。

「これで代わりになるかわからへんけど」

「え……？」

夏雪は両目を大きく見開いた。ああ、可愛らしい。柄は特注の翡翠で、純金の筆の五本セットだった。用途によって使い分けられる。さらには、翡翠で作った硯《すずり》もついている。細密な飾りまで施してあった。

「これ、もらっといてや。もしかしたら、なんかのまちがいで荷物に紛《まぎ》れ込んで、うちが壊してしまったんかもしれへんし」

後宮での活動に当たって、鴻家が用意した軍資金に比べれば可愛いものだ。だが、夏雪の持っていた翡翠の筆よりも、ずいぶんと上等のものをそろえている。

発注の際に、陽珊から「こんなによい品でなくともいいと思います」と、一度突っぱねられたくらいだ。「雑草を干して飲む蓮華様とは思えない浪費ですね」と、嫌《いや》みまでセットであった。

しかしながら、大阪マダムを誤解されては困る。普段は極限まで節約するのが当たり前。庭に生えているドクダミのお茶だって飲むし、青葱の芽は捨てずに育てる。野菜の皮だって、余さず使えと指示をした。芯も塩漬けにすれば食べられる。

けれども、その一方、鴻家で雇っている人々の給料をカットしたことはない。テコ入れして経費の見直しをしたほうが建設的だ。身内に慶事があれば、人を集めて派手に祝った。なんのために、節約してると思ってんねん。金は見極めて、パァーっと使うもんや。

ここが使いどきと判断すれば、蓮華は出費を惜しまない。それが大阪のオカンの教えであり、大阪マダムの矜持《きょうじ》だ。備えあれば、派手に使え！

「こ、これ……もらえない……」

夏雪が尻込みしている。けれども、蓮華は首を横にふった。

「かまへん、かまへん。もらっとき！　筆がないなって、困ってたやろ？」

「い、いくらなんでも、替えの筆くらいあります……っ！　そうではなくて……こんなに高価なもの！」

「ええねん。お金は蔵にしまっておくもんやない。使わんと、ただのゴミや！　たまには、倉庫整理もせなあかんやろ？」

蓮華が押しつけるように渡してくるので、夏雪はいよいようつむいてしまった。他の二人の妃は成り行きを見守っているようだ。

「そんな……よくありません……」

夏雪は消えそうなくらい小さな声でつぶやき、再び涙を流しはじめた。事前に陽珊から「ここは後宮です。こういう環境での女の涙は信用してはなりません」と口酸っぱく忠告されていたが……蓮華には、これが嘘泣《うそな》きには見えなかった。なにより、こないな美少女の涙を無視するなんて、鬼やろ？

それに、蓮華は別に騙されてもいいと思っている。そりゃあ、騙されたり裏切られたりしたら、ショックだし足掻《あが》きもするが……それでも、目の前の人間を見捨てるよりはマシだ。焼けるお節介は全部焼く。

たとえ、相手が蓮華の厚意を必要としていなくても……だって、そのほうが気持ちええやん?

「あの筆は——あれを壊したのは、わたくしの侍女なのです」

夏雪の告白に、周囲がざわざわとした。夏雪のうしろにひかえていた侍女の一人が、震えている。様子を見守っていた二人の妃も顔を見あわせた。

「それを、あなたの持ち物に入れろと指示したのは……わたくしです。そうしないと、解雇すると脅しました……だから、こんなものは受けとれません」

夏雪の告白は正しいのだろう。それを裏づけるように、彼女の侍女が前に出て地面に頭をこすりつける。「いいえ! 私めが勝手に行ったことです!」と必死だった。

蓮華を庇おうとした陽珊と同じである。

その様を見て、だんまりを決め込んでいた二人の妃が動いた。今度は蓮華の顔色をうかがっているのだと、すぐにわかる。

この場において、一番強いのは夏雪ではなくなったのだ。

「わたくし、あなたのことが嫌で……嫌で……本当に……」

夏雪が泣きやまない。

「なんで、うちが嫌やったん？　飴ちゃんに毒でもあると思ったん？」

理由を聞きたかった。天明の態度から、初対面で飴を渡した蓮華が無粋だったと反省している。

「それもあります……でも、一番はうらやましかった……あなたのような人が苦手なの。誰にでも馴《な》れ馴《な》れしくて、身分など関係なく自由に接して……目障りなのよ」

夏雪は目尻に涙を残しながら、キッと蓮華を睨んだ。けれども、当初のような敵意はない。覇気が消え、迷いのようなものが見られた。

「わたくしには……できないから……」

夏雪はこの広くて狭い後宮に──否、貴族という枠組みや、それを強いた周囲の環境に囚《とら》われた鳥のようだった。鳥籠の中から、蓮華のことを見ている。

蓮華だって、鴻家の父に従って後宮へ来たわけだ。そういう意味では、夏雪と同じである。なにも変わらないのだ。けれども、夏雪にとって、蓮華は別の生き方をしているように見えたのかもしれない。

「うちだって、別に自由やないんやけどなぁ。本当はもっと商いがしたかったのに、やめさせられてしもた。後宮なんか嫌や……」

前世だって、そうだ。やれるだけやったが、結局は雇われの身のまま独立できなかった。最期なんて、カーネル・サンダースの代わりに道頓堀に落ちて死んだ。

「せやけど、よかった!」

蓮華はニッと笑って、夏雪の両肩をポンッと叩いた。

「だって、うちへの疑いは晴れたんやろ? それに、本当のこと言うてくれたのは……お姫さん、うちと仲よくしてくれるんやろ?」

「え……」

夏雪は蓮華の言葉を理解できていないようだ。様子見をしていた遼淑妃と劉貴妃も意外そうに瞬《まばた》きしていた。うち、なんか変なこと言うた?

「許すと言うのかしら?」

「? 許すもなにも、そもそも今回のタコパって、仲直りの会なんでしょ?」

夏雪からの文書には、はっきりと「和解を希望する」と書かれていたのだ。陽珊は「そんな意味などない」と怒っていたが、少なくとも蓮華は額面どおりに受けとっている。今回は他でもない、夏雪と「仲直り」するためにタコパを開いたのだ。

「その気がなかったら、最初からお断りですわ。たこ焼きプレートだって、結構な金かけて用意しとんねん。うち、無駄なお金は使わへん」

節約は節約。使うときは派手に使う。これが鉄則。基本中の基本や。そこをまちがえて、金ばっかり貯め込むんは世の仕組みを理解しとらへんお偉いさんである。いつか痛い目ぇ見るで。

今回は、夏雪と仲直りするために、お金を使うと決めたのだ。

「うち、お姫さんと仲よくなりたいんや」

そう言いながら、蓮華は夏雪に右手を差し出した。握手を求めている。

「…………」

一方の夏雪は、差し出された手の意味がわからずに固まっていた。けれども、時間をかけて理解したようで、そろりと蓮華の手をとる。その段になって、蓮華は「こっちに握手の文化なかったわー！」と気づくのだが、伝わったからええやろ。

「一つだけ、よろしくて？」

夏雪は蓮華の手をにぎったまま、いじらしく目をそらした。泣きそうな顔は変わらないが、ちょっとだけ強気な夏雪が戻ってきたような気がする。

「おひぃさん、とかいう……その妙な呼び方、やめてくれるかしら。わたくし、夏雪という名があるのよ」

お姫さんではなく、夏雪。妃としての陳賢妃ではなく、夏雪である。そう呼ぶよう指摘され、蓮華は額をペチンと指で叩いた。

「やったら、うちも蓮華でええよ。じゃあ、タコパの続きでもしましょっか。な、夏雪！」

名前を呼ぶと、夏雪は少しだけ嬉しそうな表情をする。しかし、すぐにツンと顔をそらしてしまう。

「いいわ。蓮華がやりたいのなら、つきあって差しあげます。その代わり……食べても美しくなる方法を教えるのですよ！　約束を破ったら、凧派《たこぱ》はすべて、わたくしのものですからね！」

「そんないけず言わんと素直に楽しみや！　あと、これはタコパやない。たこ焼きや。たこ焼きパーティーの略が、タコパやから……まあ、蛸はないんやけどな」

「たこ……焼き……では、蓮華。わたくし、もっとたこ焼きが食べたいです。あと、焼き方を教えてください。わたくしが一番上手く焼いて差しあげます」

夏雪が微笑《ほほえ》みながら、たこ焼きプレートを指さした。蓮華はもちろん、笑顔で応え、胸を張る。

「まかしとき！」

前哨戦《ぜんしょうせん》　大阪マダム、お節介！

一

正一品たちの間で、奇妙な集会が流行っているらしい。

その噂が後宮に広まるまでに、さほど時間は要さなかった。裕福な妃たちは、こぞってくぼみがたくさんある鉄板——たこ焼きプレートを買い求めた。そして、庭で火を焚いて、たこ焼きを回すのが一種のステータスとなったのだ。

正妃不在の後宮において、正一品の四名が頂点である。彼女たちの模倣は、下位の妃たちにとっては重要なことだった。やはり、今の凰朔国はどこまで行っても階級社会なのだ。

同時に、それは蓮華の目的であり、目論見《もくろみ》どおりであった。

「ねえ、蓮華。わたくし乾酪《チーズ》がいいわ」

「はいよっと」

今日も今日とて、蓮華の住む芙蓉殿には夏雪が訪れていた。庭に用意した椅子に座らず、火にかけたたこ焼きプレートの横で、チーズの皿を指さしている。彼女は、すっかりたこ焼きの虜《とりこ》であった。蛸なしやけどな!

「夏雪も焼くん上手《うま》なったし、たこ焼きプレートも買ってくれたんやから、自分ん家《ち》でやったらええんやない?」

たこ焼きにチーズを投入しながら、蓮華はついぼやいた。すると、夏雪は白い頰をふくらませて首をふる。あら、可愛らしい。

「わたくしは、たこ焼きも好きですが……そう。凧派《たこぱ》が好きなのです。わたくしに、一人さみしく生地を回して焼けと? このわたくしに?」

「さみしがり屋さんやなぁ。侍女と遊べばええやろ?」

「な……! 相手は……誰でもいいというわけではないのよ。そう。わたくしと同じ位で凧派が一番上手なのは、あなたしかいないでしょう! 考えなさい!」

「位にこだわらんでも……」

「蓮華と食べるのが、ではなくて、蓮華が焼くたこ焼きが一番美味しいのです!」

「そう? そりゃあ、ありがとさん」

夏雪は頰を桃色に染めながら怒っている。ほんまに可愛いお人形さんみたいやなぁ。

しかし、夏雪が後宮でのタコパ流行に一役買っているのはまちがいない。なにせ、この後宮内で一、二を争う貴族だ。夏雪を真似する妃は多い。蓮華にとって彼女は新しくできた友人ではあるが、同時に大事な「上客」でもあった。

　こうやって、上級妃にタコパを流行らせたあとの展開も考えてある。下級妃嬪や宮女向けに屋台を開く準備中だ。たこ焼きプレート等の環境を整えられない者でも手軽に利用できるようにすれば、さらに広まるだろう。もちろん、折を見てお好み焼きも仕掛ける。粉もんが後宮を支配するのだ。

　後宮は狭い社会だ。だが、ここにいる女たちは、凰朔国内の至るところから集められている。彼女たちが地元や実家に、粉もんを広めてくれれば……凰朔国全土に評判が拡散する。そうなると、現状、粉もんは蓮華の独占市場だ。

　正一品の茶会は、そのための広告料だと思えば十二分に安いものであった。

「あと、緑の飲み物もおねがいするわ」

「あいよー」

　緑の飲み物と言われ、蓮華は陽珊に目配《めくば》せする。特注のクーラーボックスから出てきたのは、野菜ジュースであった。栄養バランスが悪い夏雪のために作ってある。野菜だけではなく、果実も入れて飲みやすくした。

　それだけではない。夏雪には運動を勧めている。まずは輿での移動をやめ、歩くところから。次のステップはジョギングに移行する予定だ。朝は蓮華と二人でラジオ体操をして、キャッチボールも行うのが日課になっている。ゆくゆくは、野球のできる選手に育てたい。

しかし、後宮の女性が着る襦裙は運動に向かなかった。ひらひらと長いスカートや大袖は邪魔でしかない。

「この袍服《ほうふく》もなかなか涼しいし……蓮華は本当に、変わったものを作るのね」

夏雪は自分の服を見おろして微笑んだ。これは野球のために作ったユニフォームである。手はじめに、白い衣に縦の縞模様を入れた。動きやすく、袍《ズボン》はゆったりとしている。いずれは、十二球団分のカラーにしたい。豹柄は毛皮がないと困難だが、カラーと縞くらいなら、なんとかなる。

「そう？　ゆーて、うちのはパクりみたいなもんや」

「伯李《ぱくり》？」

「異文化の模倣やねん。遠い国で流行ってるもんを再現しとるだけ」

「ふうん……蓮華は物知りなのね」

「ちゃうちゃう。大阪マダムのたしなみや」

「凰朔真駄武《おうさくまだむ》……？　わたくしも、蓮華のような凰朔真駄武になれるかしら？」

「しっかり教えたる。まかしとき！」

大阪マダムを、凰朔マダムに聞きまちがえられているが……細かいことは気にせんほうがいい。せっかく、夏雪が乗り気なんやから。

そのあと、二人で軽くウォーキングをして、キャッチボールで戯れた。こうやって二人が遊ぶ様子は、やはり後宮の狭い社会では瞬く間に拡散されるのだ。そして、「現在の上級妃で流行っている装いと遊び」として共有されていく。

「今日のところは、という感じですわ」

後宮生活も、なんやかんや言って悪《わる》ないな、と、蓮華は楽しく本日のできごとを語ってみる。

「なんなのだ、その一日は……」

蓮華は満足していたが、それを聞いていた天明はちがったらしい。眉間に指を当てて、頭が痛そうにしている。あれ？　うち、なんか変なこと言うた？

「体力さえつけば、夏雪はいい選手になりますよ。目がええから、打者の才能があると思います。ちょっとずつ仕込みますわ」

「お前は、いったいなにを言っているのだ？」

「野球です。主上さん、そこはボケるとこちゃいますよ」

「わからない……」

天明はいよいよ具合が悪そうな表情だった。部屋のすみに植えてある葱の鉢を見て、さらに深い深いため息をついている。

「思っていたのとちがう……」

「なんか言いました?」

「お前が変だと言った」

「そら、どうも」

「褒めてはいない」

「ありがとさーん」

きっと、天明も蓮華に慣れてきたのだろう。最近はツッコミが熟《こな》れてきている。

とはいえ、天明が蓮華に求めているのは、対外的とはいえ寵妃の役割だ。

実際はとくになにもなく、こうやって軽くお喋《しゃべ》りをして過ごしているだけ。しかし、周りには「皇帝が夜な夜な求めるお気に入り」として認識されていた。事実はどうあれ、天明の思惑どおりなので、あまり落胆しないでもらいたい。他の正一品とも仲がいいし、後宮での商売だって順調だ。

「ほんま自分、しょうがないなぁ」

蓮華はため息をつきながら、脇に置いていた袋を探る。ゆったりとした紐付《ひもつ》きで、肩からもさげられるトートバッグだ。

「頭痛いときは……飴ちゃんでも食べて機嫌なおし?」

懐紙で個包装にした飴である。以前にもあげたが、毒を警戒して捨てたとあとから聞いた。蓮華が監修した鴻家自慢の飴である。やはり、一度食べてほしい。

「毒は入ってへんで」

天明は再び大きなため息をついてしまう。だが、渋々といった表情で飴を受けとった。思ったよりも素直なので、蓮華は感心する。

「これはなにが入っているのだ？」

中身を取り出した天明が、飴を燭台《しょくだい》の光にかざした。飴は半透明だが、灯りを受けてぼんやりと光って見える。

「初めてやったら、まずは食べてみたらええんとちゃいますかね？」

「……それもそうだな」

最初から色に着目するなんて、珍しい。しかも、多めに燭台を置いているとはいえ、夜は暗いのだ。よほど警戒しているのだろうか？　と、思ったが、天明はあっさりと飴を口に入れた。

けれども、すぐに妙な表情になる。

「桃……？」

「正解です。桃の飴ちゃんですわ」

蓮華はしたり顔でトートバッグの中から、いくつか飴を取り出した。

「桃、香蕉《バナナ》、鳳梨《パイナップル》、杏《あんず》の四種類ご用意していますよ。ちなみに、この前あげたんは、鳳梨です」

バナナもパイナップルも南国の果実だ。凰朔では輸入しなければ手に入らない。だが、そこは貿易に携わる鴻家のネットワークでなんとでもなった。むしろ、それらの果実を飴やジュースにしているのが好評を博している。

大量生産が前提になるが、高価な果実も果汁を飴にしてしまえば一個一個の単価がさがるのだ。無料で配っても痛くない。飲食店の場合、食べ物だけではなく、飲み物やサイドメニューでの利益が出る。あと、富裕層向けの商売で、充分に稼げるのだ。飴のサービスくらいは苦でもなかった。

ゆーて、これだけのものが集められるのに、蛸が手に入らんネットワークはポンコツやと思てるけどな!

「なるほど、あれは鳳梨か」

天明は感心したように、飴を舐めている。

「主上さんは、鳳梨のほうがお好きでした?」

「ん。まあ……いや、別に」

天明は失言に気づいたようで、咳払いをする。

「このまえの、捨てたんやないんですか?」

「いいや、捨てたのだ。お前の気のせいだ」

素直に認めない辺りが可愛くないのか、可愛いのか。ツンデレっちゅうやつか……もうちょいごっつい頼りになる漢前やったら、ええのに。バースみたいに、ここ一番に強い漢。腹筋はあるけど見た目が優男なせいで、ただ可愛いだけやんな。

「そうですか。せやったら、他のもあげときますんで、また感想聞かせてくださいなっと」

蓮華は笑いながらトートバッグから飴をいくつか取り出し、天明の前に並べた。もちろん、天明が捨てたと主張しているパイナップル味も忘れない。

目の前に飴を並べられて、天明は不機嫌そうな顔をしている。

「別に食べたいわけではないぞ……」

「ツンデレやなぁ」

「は？　津照麗《つんでれ》？」

「飴ちゃん、いつでもあげますからねぇ」

「お前は……余計なお世話だ」

毒味を通さず、知りあったばかりの女からもらった飴を舐めるなど、リスクが高い。それでも食べたのだから、きっと甘いものが好きなのだろうと推測する。

「お好きなんでしょ？」

けれども、そう問うたとき——天明の表情が曇った。蓮華とのやりとりに気分を害したわけではなさそうだ。表情の変化に、本人も気がついていないかもしれない。

なんか……寂しいん？

「少し」

天明の口から、ガリッと音が響いた。飴を奥歯で嚙《か》み砕《くだ》いたのだ。そのせいで、寂しそうに曇っていた表情がよくわからなくなる。

「なつかしかっただけだ」

飴を嚙んで表情が強《こわ》ばっていたせいだろうか。それとも、本当は別の感情がこもっているのか。言いながら立ちあがる天明は、とてもなにかをなつかしんでいるようには見えなかった。

蓮華は急に思い出す。

「他の妃が言ってました。主上さん、普段はお気に入りの料理人が作ったもんしか、食べられへんって、ほんまですか？」

天明は蓮華をふり返らなかった。まずいことを言っただろうか。沈黙が背筋を刺すようにヒリヒリした。これ、滑った？

「誰から聞いた」

「誰って……たぶん、逵淑妃？　ちょっと小耳にはさんだだけですよ？　なんや、有名な話っぽかったですけど」

「そうか」

天明の声は淡泊だった。平坦《へいたん》で、感情が見えない。

「単純なことだ。毒味に裏切られたことがある。以降は最初から毒を入れぬ者の食事だけを食べることにした」

毒味に裏切られた——とても恐ろしいことを、平然と述べられた。いつ、毒が盛られるかわからない皇族の世界で、毒味が当てにならないなど死を意味する。

あれ？　せやけど、主上さん。うちの料理はいっぱい食べてはるけど……？　なんで？

「また明日《あす》」

蓮華が問う前に、天明はそう言い捨てて、かけてあった上衣を手にとった。蓮華も接客の条件反射で立ちあがり、袖に腕を通す手伝いをする。

「颯馬、行くぞ」

天明の呼びかけで、部屋の外にひかえていた男が返事をする。いや、ここは後宮だ。ただの男ではなく、宦官である。天明が芙蓉殿の寝室にいる間は、いつも人払いをして表に颯馬を立たせていた。

顔の彫りが凰朔の人間にしては深い。もっと西の血を引いているのだろう。歳は天明と同じ程度に見えるが、長い髪は見事な白髪であった。表情に乏しくて、考えがイマイチわからない。

「…………」

「なにか?」

天明を見送るつもりが、蓮華はついつい颯馬に視線を向けていたようだ。不審に思った颯馬が、眉間にしわを寄せる。人形のような無表情が動くのを初めて見た。

「いや、うちら……どっかで会うたことないですか?」

どうも、颯馬の顔に見覚えがあるような、ないような。頭の中が霞《かす》んで、記憶があいまいだった。一方の颯馬は怪訝そうに首を傾げている。

「自分はずっと主上にお仕えしておりますので、覚えはございませんが……ただ――」

「颯馬」

天明が再び颯馬を呼んだ。颯馬は蓮華に軽く一礼して、踵《きびす》を返す。彼がなにを言おうとしたのか、わからないままになってしまった。

そんなこんなで、二人が芙蓉殿から出たあと、蓮華は大きめのあくびをする。まあまあ慣れてきたとはいえ、やはり皇帝陛下のお相手となるとそれなりに気を遣う。まだ夏雪と話すほうが気楽だった。

「それで……蓮華様。主上とは、本日どのようなお話を? 早く御子《みこ》ができれば、お父上もさぞお喜びになりましょう！」

毎回、陽珊が「主上とのお時間」を気にして好奇の目を向けてくる。だが、実際はなにもない。残念ながら、彼女や実家の父を喜ばせるネタを披露できそうになかった。

「ほんじゃあ、おやすみ」

蓮華は詮索されないよう就寝を宣言する。真実を明かすのは契約違反だ。さりとて、上手い作り話もできない。陽珊のほうも勝手に「蓮華様でも照れてしまわれるのですね」と、ポジティブな解釈をしてくれているので、まあええやろう。

「ああ……」

寝室に帰って、蓮華は机の上を見遣《みや》る。そこには、天明のために並べた飴が置いてあるはずだった。

「ふふ……やっぱ、飴ちゃん好きやねんな」

飴は一つも残されていなかった。

でも、どうして、天明は蓮華の飴や粉もんを食べてくれるのだろう。そこが、よくわからなかった。

ただ、悪い気はせんし、別にええかな。

❁　❁　❁

皇帝はまた芙蓉殿へ行ったらしい。

その報せを聞いて、秀蘭は軽く息をつく。実の息子である天明が政に参加せず、女にうつつを抜かすのは今にはじまったことではない。報告してきた従者は「またですよ」と言いたげに肩を竦《すく》めていた。

秀蘭はそんな従者の仕草には目もくれず、机のすみに置いた文書に目を通す。鴻蓮華という妃に関する報告書だった。

天明が当初、わざわざ「正妃に」と推薦した女だ。不審に思って徳妃へ位は落としたが、その後の生活が気になった。

なにせ、彼女は今、天明の寵愛を得ている。それはすなわち、後宮内で一番強い力を持つことだ。

「鴻蓮華は鴻家の令嬢ですね。貴族位は持っておりませんが、さすがに貿易と商いを牛耳る鴻家。財力は国随一です。その娘だけあって、後宮でも商売をしております」

……まったく、卑しい」

説明を求めていないのに、従者が無駄な解説をはじめた。秀蘭は必要な情報のみを頭に入れようと努める。

「妙な集会を後宮に流行らせています。妃たちに食物を売りつけているとか。虎の衣で着飾るなど、野蛮な行動も目立ちます。庭の草を茶にして飲んだり、野菜の根を鉢に植えて育てたり……さすがは、庶民です。財力があったところで、性根の卑しさは変わりませんね。それを真似する妃たちも、どうかと思いますが――」

「そのようなことは、どうだっていいのです」

秀蘭が針を刺すように言うと、従者は「も、申し訳ありません」と頭をさげた。実際、彼の言及した事柄は些事である。虎の柄物や、雑草茶などはどうだっていいのだ。

「ただ一つ、彼女に後宮での影響力がありすぎるという事実が懸念要素です」

内容など関係ない。問題は、その行動にどれほどの人間が影響されているか、である。妃たちはみな皇帝の妻だ。けれども、彼女らは檻《おり》で囲った家畜でも、奴隷でもない。簡単には外へ出られないとはいえ、実家との繋がりを保った政の駒である。

天明が見出《みいだ》したのか、それとも、計算的に天明に取り入ったのか。その辺りは不透明だが……結果的に鴻蓮華が持つ影響力が大きくなりつつあるのは事実だ。

これが、害悪となるか、無害であるか見極める必要がある。

二

正一品の妃に与えられる殿舎は無駄に広い。

蓮華の住む芙蓉殿とて例外ではなかった。鴻家の屋敷も広かったが、あそこは住み込みの働き手も多く、「みんなのもの」という意識がある。けれども、ここはちがうのだ。たった一人の妃に与えられる特権の象徴――。

「せやったら、好きに使ってもええやろ！」

というわけで、蓮華は意気揚々とリフォームに勤《いそ》しんでいた。

「あとは、たこ焼きの屋台スペースやな。ここ、無駄に広くて増築せんでええのが助かるわ……まあ、蛸はないけどな」

芙蓉殿の見取り図を指さして蓮華は得意げに笑った。

「蓮華様……本気で芙蓉殿を店舗にするおつもりでしょうか……」

「当たり前田のクラッカーや！」

「は……なんですか、それ？」

「そこは、『なんでやねん！　いくらなんでも古くさいわ！』って突っ込んでほしかったけど、まあまあのキレやな」

「は、はあ……あと、蓮華様。いまさらですが、お言葉が……つかれてきました」

あきらめの表情をしているのは陽珊だ。

そんな陽珊には人員が増えたので、指揮をまかせている。取りまとめ役だ。朝から晩まで働かせるのは申し訳ないが、彼女にも定時を設けているので許してほしい。

陽珊だけではない。芙蓉殿で働く者は原則定時退社を基本にしていた。さらには、ほとんどの者を芙蓉殿に住み込みさせている。部屋があまっているので、別にいいだろう。逆に、こんなに広い殿舎に人がいないほうが、防犯上よろしくないはずだ。あとなんか、ガランとしているのは性にあわない。気分が意味もなく沈む。

「ごはんは一日三回。朝昼晩、きっちり摂って働いてもらうで。お昼休みと定時退社、完全週休二日制が守れんかったら、ハリセンな！」

蓮華は厚紙で作ったハリセンをパンッパンッと叩く。うんうん、ええ音や。

新しく来た者たちにも、それは徹底していた。先日、芙蓉殿で働くために、中央のほうから女官や下働きの者が追加されたのだ。正味、鴻家から来た人間だけで足りるのだが、決まりだとかなんとか言われてしまった。

「鴻徳妃。それは、我々が不要ということでしょうか？」

蓮華の説明を聞いた女官の一人が声をあげた。もちろん、後宮から芙蓉殿へ送られた女官だ。この反応は、最初に鴻家で働き方改革をしたときと同じである。

「そうやない。みんなには時間内できっちりと最高の働きを期待しとるで。そのための休息や。休ませるんは必要ないからやなくて、きっちり働いてほしいからや。だからって、給料も安くはせん。優秀な人材には、昇給や賞与も考える」

みんな戸惑った様子だった。なにせ、このような働き方を知る者など、ここにはいないからだ。

ダラダラずっと働いていても意味がない。メリハリつけて、きっちり休む。そして、見あった報酬を払えば個人のパフォーマンスは確実にあがるのだ。それでもむずかしい場合は、個々にあった方法を模索するのが経営者である。

「ほかに、質問のある人おりますかー?」

蓮華は質問がしやすいように挙手を募る。しかし、彼女たちはポカンと間抜けな顔をするばかりで、誰も動かなかった。まあ、当然か。

「はい、鴻徳妃」

そんな中、一人だけ挙手する者があった。蓮華と同じくらいの年頃の娘だ。手や顔が痩せ細っている。髪もまとめてあるが、傷みが激しかった。夏雪とは別の痩せ方……庶民、いや、もっと下の暮らしをしていたのだと推測に易《やす》い。

発言を許可すると、痩せた娘は立ちあがった。笑うと、とても愛嬌《あいきょう》がある娘だ。頰はこけているが、目が大きくて愛らしい。接客に向いていそうな気がする。

「朱燐《しゅりん》と申します。鴻徳妃は大変な人格者とお聞きしました。そのような方にお仕えできて、嬉しゅうございます」

まずはあいさつをされた。しっかりとした口調で、とても聞き取りやすい。ますます接客向きだ。

そして、やはり朱燐と名乗った娘には苗字がなかった。凰朔国には貴族と平民が存在する。さらに、平民の中にも家名を持つ者と、持たない者がいるのだ。いわゆる貧民層には、家名がない。朱燐も、そのようだ。俗に「名なし」と呼ばれることもある。貧民層出身の皇太后にも苗字はなかったらしい。

「人格者やなんて、誰が言うたん？　照れるわー」

「大変、評判でございますよ」

朱燐の言に同調して、周りも笑った。誰もが周囲にあわせているような……同調圧力というものか。前世では日本人特有かと思っていたが、後宮でも日常の光景だった。

「以後、お見知りおきを」

朱燐はていねいに頭をさげて、発言を終えた。陽珊に確認すると、彼女は蓮華の身の回りの世話をまかされる下働きのようだ。掃除などが主な仕事になるだろう。

「よろしゅう頼むで」

蓮華も笑顔を返した。

実際、朱燐はよく働く娘だった。

後宮の女には種類がある。妃と侍女、女官、下働きだ。妃は皇帝の妻たちである。侍女はそれに仕えて身の回りを整える者だ。芸能人でいうマネージャーだろうか。業務は多岐に亘《わた》る。

女官はあくまでも皇帝、そして、後宮に仕える人間。芙蓉殿では、主に施設管理や書類処理など、運営に関わる仕事をしている。彼女たちは蓮華にも仕えるが、侍女ほど好きに動かせない。お役人様である。

下働きは、言うなれば使用人のようなものだ。掃除や洗濯、あらゆる労働をまかされる。下女とも呼ばれるが、蓮華は使わない。

朱燐という娘は、下働きだった。いつも蓮華が出かけている間に部屋の掃除を終わらせる。蓮華の邪魔になることは決してなかった。廊下も天井もピカピカで、非の打ち所がない。主の見えないところで、隅々まで掃除していた。

凰朔国では、上流階級の前では労働の姿を見せないのが美徳とされていた。けれども、普通は無理だ。多少は目に入る。朱燐には、その隙がまったくないのだ。

だが、

「あれぇ……おかしいなぁ？」

たこ焼き屋の従業員教育を終えて自室へ帰った蓮華は違和感に気づく。ピカピカで綺麗に整った部屋なのだが……あ！

「あらへん！」

蓮華は血相を変えて部屋の中を捜し回った。せっかく片づいた部屋を引っくり返すのは気が引けるが、これは大事なことだ。そこへ、朱燐が茶菓子を持ってやってくる。

「どうかされましたか、鴻徳妃……？」

朱燐は愛想のいい顔を傾ける。

「ない……あらへん……朱燐、そこにあった鉢植え知らん!?」

部屋の掃除担当は朱燐である。なにか知らないか、すがるように肩をつかんだ。すると、朱燐は困った顔を作った。

「鉢でしたら……」

「え、まさか捨てたん？」

あれは蓮華が育てていた青葱である。根を土に植えて、育つのを待っていたのだ。もう少しで、収穫できたのに……以前、陽珊にも一度捨てられたことがあった。

「いえ。ここでは、育ちも悪くなると思いましたので、勝手ながら庭に移動させておきました」

朱燐の言葉に、蓮華はホッと胸をなでおろした。

「よかった……もったいないことして死ぬかと思った」

「鴻徳妃は変わった方ですね」

「そう？　まあ、よう言われるけど」

そりゃあ、前世で大阪をカーネル・サンダースの呪いから救った女やし。ひかえめに言うても、変わり者やろうな。

「ええ。ご気分を悪くしたら、申し訳ありませんが……あのような栽培は、高貴な身分の方々の行為では……私どもには、とても馴染み深く、なつかしいのですが」

「そんな気ぃ遣わんと。貧乏くさくて、みみっちいドケチ言うてくれても、ええんやで！　ほんまのことやし！　今日も夏雪から粉もんで髪洗うんなんか、どうかしてる怒られたわ！」

慣れている。陽珊も再三小言を述べているし、夏雪もはっきりと「おやめなさい！」と目くじらを立てていた。それでも、前世からの性《さが》というか、本能というか……蓮華には、捨てるのはもったいないと思えてしまうのだ。

ちなみに、小麦粉で髪を洗うのは大阪のオカンから教わった秘術である。皮脂を吸着してくれるので、意外とサラサラヘアーになった。凰朔にはシャンプーどころか洗髪の文化すらないため、重宝する。

「鴻家は国でも屈指の豪商です。貴族にも劣らぬ財力をお持ちのはず……」

「せやで。鴻家の動かせる銭はぎょうさんある。やけど、使う銭を節約すれば、運用資金が増えるやろう？　従業員のお給料も増やせるし、不測の事態の蓄えにもなる。あとは、貯め込んでたってしゃーないから、パァーっと派手にもやれる。そのほうが楽しいし！」

「ぱぁー？」

「普段はチマチマ節約。稼ぐときはガッと稼いで、その分、パァーっと使ったほうが人生にこにこ。これは大阪マダムの基本や。お金がないから節約するわけやない。人生を豊かにする方法や」

「凰朔真駄武《まだむ》……？　朱燐めには理解しかねますが……なんだか、鴻徳妃を身近に感じました。よろしかったら、お野菜の栽培はおまかせください。ここで育てるよりも、外のほうがいいでしょうし、誤って捨てられる危険もないです」

「それ、ええなぁ！　せやねん……うちの部屋や庭にあると、誰かが勝手に捨てんねんや。主上さんなんか、いっっっつも、青葱見てゲンナリしよるしなぁ。部屋にないほうがええかもしれん！　朱燐、まかせてもええ？」

「もちろんにございます」

朱燐は、やはり笑うと愛らしい。夏雪とは別の意味で、もっと太ればいいのに。痩せすぎなのがもったいない。まあ、お給料も入ってるし、まかないもあるから、そのうち太るやろ。

ぶくぶくに太るのは問題だが、ちょっとふっくらしたほうが、みんな可愛い……しかし、夏雪はともかく朱燐はおそらく貧民層の出だ。痩せているのは必然だった。

蓮華は運がいいのだ。たまたま、豪商の家に生まれ、恵まれた生活を送った。きっと、カーネル・サンダースが加護を授けてくれたおかげや。知らんけど。

「朱燐は、なんで後宮で働いとるん？」

質問に他意はなかった。後宮で働く理由など様々であるが、だいたいは金銭のためだろう。人の労働理由など、そのようなものだ。就職活動中の新卒学生が語る志望動機など、ここでは誰も求めない。

だが、一瞬……朱燐の肩がほんのちょっとだけ震えた。怯《おび》えているようにも見える。

「どないしたん？　なんか、あかんことやった？」

蓮華が顔をのぞき込もうとするが、朱燐は顔をあげた。

「いいえ、なにも。私がここにいられるのは……そうですね。ある高貴な方に拾っていただいたご縁です。そうでなければ、下女とはいえ、このような美しい場所になど住めません」

朱燐の口調は普通であった。あの一瞬の震えは、なんだったのだろう。

「ええ人に職場を斡旋《あっせん》してもらえたんやな。ええこっちゃ、ええこっちゃ」

「……そうですね。ご恩を感じております。さらには、鴻徳妃のような人徳者にお仕えできて光栄です。私のような者にまで、部屋を与えてくださるのですから」

「そんなん全員や。みんなで住んだほうがにぎやかやし、強盗も入りにくい」

「そうですね。しかし、ここは後宮です。そのような者どもなど、衛士《えじ》が追い出して

ください ますよ」

「そうかもしれんけど、みんな家族みたいなもんやし」

蓮華は口角をあげて、白い歯を見せて笑った。

「家族……？」

朱燐は大きな目を丸くした。嬉しそう。だが、次の瞬間には蓮華から逃げるように顔をそらしてしまった。

「そう言っていただけて、朱燐は幸せにございます……」

朱燐は粛々とした声音で一礼する。踵を返して、その場を離れる様は、なんとなく距離をとられている気がして、蓮華には寂しく思えた。

❀ ❀ ❀

やりにくい。

朱燐が新しい職場の感想を正直に述べようと思うと、こうなった。

「………………」

定時、というものが来たらしいので朱燐は自室へ戻る。夕刻を告げる後宮の鐘が、その合図だ。この芙蓉殿で働く人々は、みんな妃の思いつきではじめた奇妙な規則に従った。元々、鴻家に仕えていた者が多いからだろう。

これから朝まで自由に過ごしてもいいらしい。とはいっても、なにをすればいいのか朱燐にはわからなかった。今までの働き先で、そのような時間を与えられたためしなどなかった。自分と似たような者は、ほかにもいる。

「いややわぁ！」

「なんでやねーん！」

部屋の外から、楽しそうな声が聞こえてきた。芙蓉殿には、鴻徳妃の口調を真似る者がいる。どこの国の訛りか知らないが、上流階級とは思えない。変に親近感があり、距離を詰められている気分になる。

ここは、とても働きにくかった。

豪商の娘で後宮の妃。さらには、正一品として皇帝から愛される寵妃。貴族ではないものの、朱燐からすれば雲の上の存在だ。

それなのに、最初から馴れ馴れしい笑顔が頭から離れなかった。朱燐の出自がよくないことは、知っているはずだ。けれども、鴻徳妃は気にしない。

まさか……と、不安が頭を過《よぎ》った。

「大丈夫」

朱燐は首を横にふって、自らを奮い立たせる。

自分が芙蓉殿に配属されたのは、皇太后である秀蘭からの命であった。鴻蓮華の動向を報告するという使命を受けている。決して悟られてはならない。

朱燐は貧民街の出自である。食うに困った両親は朱燐を花街に売ったのだ。しかし、秀蘭に拾われた。

それは偶然だったのだろう。

朱燐は売られた先で暴力を受けた。そして、怖くなって逃げ出してしまったのだ。上手く逃げられたのはいいが……頼るあてもなく家に戻ると、朱燐を迎えてくれる者は誰もいなくなっていた。

それから数日間、空腹で朦朧《もうろう》とする意識の中、放浪していた。前日降った雨の水たまりと路上にまき散らされた汚物で、身体が真っ黒になっていたのを覚えている。傍《はた》目《め》には、男か女かもわからなかっただろう。

そのような状態で、朱燐は道の真ん中まで歩き出してしまった。だが、中央が大きく開いた大通りの向こうからは、華やかな一団が見えるところだった。高貴な身分の人間のお通りだと、すぐに察する。

——そこの者。さがれ。

汚らしい格好の朱燐が歩いていたものだから、護衛が剣を抜いた。朱燐はすっかり驚いて、その場に倒れてしまう。いくら怒鳴られても立ちあがれなかった。恐怖もあったが、なによりも飢えで身体が限界だったのだ。なんの気力もわかなかった。このまま斬り殺されるのだろうと覚悟する。

——待ちなさい。

朱燐に向けられた刃の動きを止めたのは、女性の声だった。輿の上から、たった一声で猛々しい大男の動きを制止する。

それが朱燐と秀蘭の出会いだった。都の区画整理のために視察を行っていたらしい。偶然が重なって出会ったのだ。

——よかった。立てますか？

庶民、ことに、貧困層には為政者がどのような人物なのかは、まったくわからない。ただ、彼女が皇帝を殺して成りあがった悪女であるという話は伝わっていた。けれども、朱燐には秀蘭という女性が噂どおりの悪女には見えなかったのだ。

朱燐はそのまま秀蘭に拾われて、秀蘭の所有する別邸で下働きとして雇われた。と言っても、それきり秀蘭の顔は見ていない。別邸に秀蘭が訪れることはなかった。彼女は皇城に住んでいるからだ。それは、秀蘭が休まず政務に励む証拠である。噂で聞いた悪女などという評価は嘘だ。

少ないが給金をもらって生活した。決して裕福ではないが、身の丈にあった、いいや、それ以上の待遇だ。屋敷の人間から作法や読み書きも教わった。

秀蘭は朱燐の恩人である。

そして、その恩人が朱燐に鴻徳妃の内情を探るよう依頼した。使い勝手のいい捨て駒かもしれない……だが、それでよかった。秀蘭に拾われた命だ。彼女の好きに使ってほしいし、朱燐だってそうしたい。

だから、まかせられた仕事は遂行しなくては。

「…………」

ふと、窓辺を見ると、青葱の鉢があった。鴻徳妃が育てていたものである。日当たりのいい朱燐の部屋に置くこととなったのだ。

急になつかしくなる。

貧民街では、とにかく物を大事にしていた。このように、野菜は土に植えなおし、芽が伸びるのを待ったものだ。芋などは植えておくだけでいくつも収穫できる。とはいえ、土に植えたからと言って上手くいかず……痩せた土地では満足に育たない。育ったとしても、他の住人に荒らされて盗られるのが常だった。日々奪いあいである。

卑しくてひもじい。それでも、なつかしいと思えるので不思議であった。

朱燐は心に開いた窓を閉めるように、踵を返して部屋を出る。それにしても、下女の身分にまで個室を与えるなんて……いくら部屋があるからと言っても、常識破りだ。鴻徳妃はなにもかもが想定外である。だからこそ、秀蘭も警戒しているのだろう。

今日も、例に漏れず皇帝が芙蓉殿を訪れている。下々の者にはお達しなどないが、わかる。皇帝が鴻徳妃の殿舎にお渡りになるときは、決まって人払いがされるのだ。

それは暗殺を防ぐ措置だろうが……鴻徳妃と皇帝が二人で周囲には言えない話をしているのではないか。例えば、実家の鴻家に特権を与えるよう強請《ねだ》っているとか、国政を乱すような要求とか……その可能性を秀蘭もきっと恐れている。

朱燐は人払いされた芙蓉殿をこっそり進む。鴻徳妃の居室周りは誰も住んでいない。陽珊という侍女長がいるのだが、彼女でさえも皇帝のお渡りがある際は遠ざけられるという。

いったい、なにをしているのだ。

これは秀蘭に報告するべき案件だろう。朱燐は息を殺して、鴻徳妃の居室へ向かって歩いた。昼間はにぎやかなのに、とても不思議な気分だ。壁や天井から吊《つる》された虎柄の緞帳《どんちょう》や、雄々しい虎の壁画は、静寂の中で見ると不気味に思えた。芙蓉の名を冠した殿舎には、似つかわしくない装飾の数々である。

鴻徳妃は他の妃たちと球投げをして遊んだり、屋台の出店準備をしたりして忙しそうだ。働く者たちも、彼女にあわせて行動しているので、芙蓉殿がこんなに静かなのが奇妙だった。

「もし」

急に、背後から声をかけられた。朱燐は思わず跳びあがってしまいそうになりながら、ふり返る。まったく気配を感じなかった。

そこにいたのは、男だ。否、ここは後宮なのだ。きっと、宦官なのだろう。若い男のように見えるが、老人のような白髪が印象的だった。

「ここでなにを？　……ただいま、鴻徳妃の寝所には、主上がお渡りになっております」

目的を聞かれるとともに、「帰れ」と言われていた。いいや、これは命令である。芙蓉殿の者ではない。ということは、皇帝の付き人か。厄介だ。朱燐は息を呑み、笑顔を繕った。

「鴻徳妃に……お聞きしたいことがあったのです。主上がいらっしゃるとは露知らず……大変な無礼をお許しください。明日にいたします」

そもそも、朱燐のような下女には明確に「今、主上がお渡りになっている」というお達しはない。新人の朱燐なら、まだ通じる言い訳だろう。

「鴻徳妃への用件は、なんと？」

白髪の宦官は表情を変えなかった。まるで人形だ。怖い。

「大したことではございません。明日でかまいませんから」

「申せ」

朱燐は考えを巡らせた。鴻徳妃への用件はない。しかし、宦官は引きさがってはくれそうになかった。

「……鴻徳妃より、粉を使用して髪を洗うと聞きました……その方法が、どうしても知りたくなって。鴻徳妃のお優しさに甘えて、仕事を終えた刻にもかかわらず、戻ってきてしまいました。どうか、お許しを……」

苦しい言い訳だ。けれども、鴻徳妃がそのようなことを言っていたのは事実だ。それに……あのお人好しの妃なら、朱燐を追い返さないと思ったのだ。

白髪の宦官は、表情をまったく変えなかった。だが、小さくため息のようなものをつき、「少し待ちなさい」と断りを入れる。彼は朱燐からようやく離れ、鴻徳妃の寝所へと向かった。

しばしの後。宦官がなにかを持って、朱燐のもとへと帰ってきた。

「文字は読めるか？　読めぬなら、私が代わりに読むよう仰せつかったが」

問われ、朱燐は小さくうなずいた。簡単な読み書きはできる。

「まったく……鴻徳妃は人が好すぎる」

宦官の表情は乏しいままだった。けれども、声音は呆《あき》れているような気がした。

朱燐も、手渡された紙を見て呆れてしまう。そこには、鴻徳妃によって小麦粉での洗髪方法が記されていた。ごていねいに、図までついている。

結果的に、朱燐の言い訳が通用した。朱燐は危機を脱したのである。だのに、胸の中では、そんなものはどうでもよくなっていた。

「本当に……そう思います」

思わず微笑んでしまった。それを受けて、宦官もやや表情を緩めた気がする。今まで人形のようで無愛想に表情を変えなかったが、人の心があるとわかった。

朱燐はていねいに礼を述べて、自室へ帰っていく。

すっかり夜が更けて、辺りが暗くなっていた。だが、ここは闇に沈んだ侘《わび》しい貧民街ではない。夜になると、必ず工部の宦官たちが灯籠に火を灯《とも》しにまわる。

何事もなく部屋まで辿りつくのが、当たり前の環境だ。

朱燐は机に向かう。上等とは言えないものの、しっかりとした作りだ。その上で、紙に筆を滑らせる。

秀蘭へ向けた鴻徳妃に関する報告書だ。

まずは、徳妃として鴻蓮華がどのような一日を送っているのか。朝は「裸潮《らじお》体操」という儀式をしている。朱燐も教わったが、朝から大きく身体を動かすと頭がすっきり整理される心持ちがした。

部屋では青葱の鉢を育てている。髪は小麦粉を溶かした汁で洗うらしい。方法を聞き出したので、今度試してみようと思う。

その他、諸々《もろもろ》の行動を詳細に記していった。朱燐は一旦筆を置き、一息つく。

なぜだろう。

これも仕事のはずなのに……気分が晴れやかだった。

三

定時報告。

本日も、動向に異常なし。後宮に開いた「たこ焼き屋」は、好調。初日から、妃だけではなく女官も列を作った。「魔米津《まよねづ》」という白い汁が人気。一度、食す価値あり。

定時報告。

本日も、動向に異常なし。主上がお渡りになる際は、常に人払いされている。宦官による見張りあり、近づけず。しかし、部屋より食器が出たのを確認。「お好み焼き」を楽しんだものと推測する。

定時報告。

本日も、動向に異常なし。鴻徳妃より教わった方法で洗髪を続行している。髪に艶が出てきた。効果を確認したため、今後も継続する。洗髪方法は別紙に記す。

定時報告。

本日も、動向に異常なし。鴻徳妃より衣を賜る。袖と裾が短く、肌の露出が多いが大変に動きやすい。縞模様が虎を連想させる雄々しさ。まさか一介の下女にまで、このような品を下賜《かし》するとは。本日よりまかされた役職「外野手《がいやしゅ》」は、責任を持ってやり遂げるつもりである。

なるほど。

朱燐からの定時報告に目を通す間も、皇太后秀蘭は表情を緩めなかった。懸念している鴻徳妃の行動には、とくに問題がないようだ。芙蓉殿での天明の動向がわからないのは口惜しいが……そして、天明が鴻徳妃の部屋で物を食べた記述には目を疑う。

天明が妃の部屋で食事を摂るなど、ありえないのだ。彼は、ずっと自分の召し抱える厨師の食事以外、口にしてこなかった。この点が、秀蘭の注意を引く。

「どうされますか」

従者より返答を迫られて、秀蘭は朱燐からの報告書を閉じる。これまでの定時報告と同じく、燃やすよう指示をした。

「ああ、待ちなさい」

秀蘭は厳しい表情のまま、報告書から一枚だけ抜き取った。朱燐が記してくれた洗髪の方法である。その他は、燃やしてかまわない。

そして、筆に墨をつける。筆を紙に滑らせる間も、秀蘭の表情に動きはなかった。平生のとおりである。職務に対して、秀蘭が感情を見せるなど稀《まれ》であった。

『ご苦労。問題なし。そのまま、続けよ』

返信には、そう書いた。

❁　❁　❁

「なに言うてんねん。こんな値段やと買えへん。もうちょい勉強してくれへんか？」

商人に、蓮華は遠慮なく値段の異議を申し立てた。うしろから、陽珊が「蓮華様、さすがにそのような真似は……」と口を出してくる。がめついのは承知の上。値切りはあいさつであり、コミュニケーションや。

「そ、それは……これが相場でございます」

さすがの商人も苦笑いしていた。まさか妃から値切り交渉をされるとは思っていなかったのだ。

しかし、蓮華は引きさがらない。ここでさがれば、大阪マダムの名折れだ……マダム言うても、そういや、うち大阪で死んだときはアラサーで、結婚もしてなかったけど。まあ、今は皇帝の「奥様」やからな。だいたいマダムやろ。知らんけど。

「ちゃうちゃう。相場っちゅうても、後宮での相場は割高やろう？　結構ぼっとるんちゃう？」

「茶鶏茶鶏《ちゃうちゃう》？」

「なんでそこに反応すんねーん！」

「は、はあ……」

思わず元気よくツッコミを入れてしまうが、蓮華は気を取りなおして商品を指さす——革であった。

「お宅さんの革加工技術があったら、こんなんちょちょいのちょいやろう？」

「この質の革なら、ご指定の形への加工は可能です。しかし、完全なる個人の受注生産となりますゆえ……お値引きをするわけには……」

「ちゃうって。なんも、オーダーメイドの特注品を一個作れなんて、言うとらんわ」

蓮華は試作品として縫ったサンプルを持ちあげる。布に綿を詰めたグローブだった。これを革でもっと丈夫なものにしたい。

「なにも、一個だけ作ってほしいなんて言うとらん……せやな。取り急ぎ、九つ。いや、十八欲しいわ。野球チーム作んねん。これが成功したら、もっとチームを増やして……最終的には、キャッチボールを後宮の健康習慣にしていくんや」

「じゅ、十八……？」

「せや。それだけまとまった数やったら、手作業言うても利益になるんちゃう？」

蓮華の言葉を呑《の》み込《こ》んだのか、商人は急に目の色を変えた。「納期は職人たちに相談が必要ですが……」と、さきほどよりも譲歩の姿勢を見せている。

蓮華は畳みかけた。

「上級妃による野球の試合や、楽しく遊んでる様子を見た下級妃や女官たちも、欲しくなると思わへん？」

たこ焼きと同じ流れだ。蓮華が開店したたこ焼き屋台は、大変好評だった。連日、芙蓉殿の店舗スペースには行列ができている。これと同じ流れを作りたかった。

現在、芙蓉殿ではじめたラジオ体操やキャッチボールが少しずつ浸透している。夏雪もきちんと食事を摂りながら運動することで、以前にも増して美少女になっていた。肉づきがよくなりながら、引きしまった身体に仕上がっている。この変貌を見た妃たちが、蓮華と夏雪の行っている運動方法を真似しているのだ。遼淑妃と劉貴妃も一役買っている。

蓮華はすかさず、算盤《そろばん》を弾いた。

「とりあえず、頭金としてこれだけ。十八、頼んでええ？」

提示された金額に、商人は親指の爪を噛んだ。やや不満そうだ。

「……こちらでは？」

算盤の珠《たま》をいじって修正する……まだ行けるな。

「これや」

「いいえ、こちらで」

蓮華の提示金額の少し上を示される。どうやら、ここが落としどころのようだ。それでも、当初の三割引きまで落とせたので上々だろう。

だが、素直に「はいそうですか」と満足するのは、大阪マダムではない。

「ほな、これの値段で——工房であまった革の切れ端とか、あんねやろ？　あれ、いくらかゆずってくれへん？」

革製品を作る際の切れ端だ。どうせ、捨てるものだろう。蓮華がニパッと笑うと、商人は不思議そうに首を傾げた。

「まぁるく切って、焼き印入れたらオリジナルコースターになんねん。ええっと、コースターっていうんは、受け皿や。机に水が垂れんように、敷物がしたくって」

ミックスジュースを冷やすと結露ができる。後宮では木製のコップは使えず、銀製品が基本だ。コップを机に置く際に使用するコースターが欲しかったのだ。それをおまけで調達できれば、ねがったり叶ったりである。

「それでしたら……いいでしょう。円形に切ってお渡しすればいいのですね」

「おお、そこまでおまけしてくれるんか。めっちゃ助かるわ。おおきに！」

「こちらこそ！」

いい商売相手になりそうだ。交渉を陽珊にまかせず、蓮華が来てよかった。

後宮に出入りする商人は、二種類。宝飾品や反物など、妃の好みで選ぶ商品は殿舎まで直接売りにくる。一方で、その必要がないものは、商業区画が設けられており、侍女たちが買いつけにやってくる。

殿舎へ出向く商人、これは条件がよろしくない。男子禁制の後宮には、商人から委託された女が売りにくるケースが圧倒的に多かった。そのため、値段交渉や発注の細かい仕様に口を出せない。小売店のバイトさんには、どうにもならんみたいなものだ。

商業区画なら、特別な許可を得た商人が直接入ってくる。厳密には、後宮の外として扱われた。ここならば、商人との交渉が可能だ。もちろん、妃としては褒められた行為ではない。

天明は毎度毎度、夜には必ず芙蓉殿を訪れる。蓮華の行動に文句をつけることは多いが、止められたことはなかった。成り行きを見守っている――いや。むしろ、蓮華が好き勝手するのは、彼の思惑の一つではないかと思えた。

蓮華が儲《もう》けるのが彼の利益になる……うーん、ちゃうなぁ……天明に商売の許可を迫ったのは蓮華のほうだ。儲けではなく……目立ってほしい？

なんのために？

「蓮華様！　蓮華様！　報せが入りました。主上が芙蓉殿にお見えです」

すっかり考えこんでいた蓮華に、陽珊が慌てた様子で声をかけた。まだ日が高い。このような時間に天明が来るのは珍しかった。だが、前例は何度かあったので、別段、驚くことではない。

「そんな慌てんでも……」

「今から芙蓉殿へ帰って、お身体を拭いてお着替えまでしていますと、主上を長く待たせてしまいます！」

「あー……それもそうやなぁ？」

このような時間に来るときは、事前に連絡くらい入れてほしい。気まぐれもいい加減にしぃや、という気分だ。

蓮華は陽珊に急《せ》かされて、芙蓉殿へと向かう。運動がてら歩いてきたので、輿などなかった。というより、蓮華と夏雪がウォーキングをはじめたことで、後宮の中で「輿に乗らず、歩こう」という風潮が広がっている。今では、後宮の端から端など長すぎる距離を移動するための乗り物と化していた。

本音を言うと……輿を担ぐ宦官には、手当を出さなければならない。お金の使い方として、蓮華はもったいないと感じるのだ。

大阪で、こんな距離でタクシー捕まえてみぃ。運転手から「そのくらい歩かなもったいないで！」って、車に乗せてもらえへんわ。

芙蓉殿へ帰ると、ちょっとした騒ぎになっていた。

あちゃー。失念しとった……。

昼間の芙蓉殿は、たこ焼き屋で繁盛している。そこへ皇帝の天明が現れたとなれば……まあ、わやや。

他の妃に見つからないよう、一応は反対側の入り口を使ったらしい。だが、皇帝の動向はどこからともなく漏れるものだ。いいや、筒抜けである。壁に耳あり、障子に目あり。「主上がお現れになった」という情報は、たこ焼き屋に並んでいた者たちに伝わっていった。

蓮華が帰るころには、皇帝の姿を見ようと、芙蓉殿の周りが女という女に囲い込まれていた。みんな手には、たこ焼きを持っている。張り込みのお供には、あんパンと牛乳やろ。なんやねん、これ。

「鴻徳妃がいらっしゃったわ」

「さすがは、鴻徳妃。今日も猛々しい虎の衣……」

「鴻徳妃。たこ焼き、美味でございますよ」

蓮華の姿を見るなり、みんな微笑ましい顔で道を空けてくれる。芙蓉殿の扉が開いた隙間から、中をのぞき見るつもりなのだろう。みんな歯に青のりついてるけどな。

「蓮華様、こちらへ」

困り果てていた芙蓉殿の者たちが蓮華を中に入れようと、扉を開ける。入り口前の階段を数段のぼってうしろをふり返ると、ステージにでも立った気分だった。青空カラオケでもしたくなる気持ちをおさえて、蓮華は笑顔を作る。

「ほな。みなさん、おおきに」

軽く手をふって扉を閉めると、ファーストレディ気分だった。いや、皇帝のお気に入りという設定なので、実質ファーストレディだ。今の脳内BGMはアメリカ国歌である。それに、これだけ盛りあがってくれると……ちょっとノッてみたくなるんが、大阪マダムの性やねん。振られたネタには、きっちり返す。求められたら、サービス。これ基本な。伝わってない気がするけど。

「あのように注目されても、まったく動じないなど……さすがは、鴻徳妃です」

「鴻徳妃は本当に素晴らしい」

芙蓉殿の中に入っても、絶賛の嵐だった。蓮華はファーストレディスマイルを継続して歩く。陽珊だけが「早く主上のところへ行ってください！」と急かす。

蓮華は「わかった、わかった」と陽珊をなだめた。そのまま欽ちゃん走りでもして、天明の通された部屋へ向かいたいところだが、ここにはいくつかプロセスを挟む必要がある。

皇帝が来ると、まずは召し替えなければならない。いわゆる、勝負服に着替えるというわけだ。蓮華としては、着替えるのも手間だし、どうせなにもしないので省きたいところであるが、これぱっかりは融通が利かない。

衣装部屋で、何人もの女官に身体を拭かれて着衣を着替えなければならなかった。皇帝を害する凶器や毒を所持していないか確かめるためでもある。省くわけにはいかない理由も納得していた。何世代も前の後宮では、妃は全裸で宦官に背負われ、皇帝の待つ部屋に連れて行かれたらしい。さすがに、それは勘弁！

「鴻徳妃、本当にこちらでよろしいのでしょうか？　もっと、華やかなお召しもののほうがよいのでは……」

「ええねん。別に文句言われへんから。これだって、充分目立つやろ？」

いつものように虎柄の襦に袖を通し、蓮華は笑った。下に穿《は》く裙は、虎模様がしっかり映える色合いにしてもらう。本当は豹柄などいろんなアニマル柄にしたいが、あいにく、プリント技術がない。リアル毛皮や機織りの技術で再現できる範囲でしか、柄物が楽しめなかった。やっぱ、豹も探さなあかんわ。

「はあ……たしかに、目立ちはします……」

「せやろ？　なんでも、目立ったもん勝ちやからな！」

「……きっと、鴻徳妃のそのようなところを、主上もお気に召していらっしゃるのでしょう」

女官たちはそう言って納得したようだ。

そんな面倒な過程を経て、蓮華はようやく天明の待つ部屋へ辿りつく。昼間なので、寝所ではなく茶会用の応接室だ。

「主上さん、お待たせしました」

いつものように、人払いをしてから入室する。部屋からは立派な庭が見えるはずなのだが、ぴしゃりと緞帳がおろされていた。おそらく、周りに集まった女たちに姿が見えないようにという配慮だろう。兵部に連絡したので、まもなく宦官たちにギャラリーは追い返されるはずだ。

天明は退屈そうに腕組みしていた。そのうしろで、颯馬がひかえる。

「こないな時間に珍しいやないですか。あーあ、今日は店仕舞《じま》いせなあきまへん」

「後宮《ここ》は俺の家でもある。いつ、どのような理由で訪れてもよかろうよ」

皮肉を言ってみたつもりだが、天明は何食わぬ様子だ。まったく聞く耳を持っていない。勝手な都合を押しつけるつもりだ。

別に、お前に会いに来たわけではない。

いつもどおりだが、そのような態度だった。店が開いているのも、混雑しているのも、皇帝が来れば混乱するのも、わかっていないわけがない……それなのに、天明はわざわざ、この時間を狙って訪れた。

「わざとでしょ?」

問うが、天明は黙ったままだった。

天明はあえて、目立つことをしている。芙蓉殿に人がたくさんいる時間を狙って現れたのは、「目立つ」ため。

それなら、彼が蓮華のする商売や振る舞いをまったく咎めない理由にも納得する。天明にとって、蓮華が目立てば目立つほど、得をするなにかがあるからだ。そして、それは彼の目指す皇太后打倒に関係している。知らんけど。

「お前だって、与えた特権を存分に利用して利益を得ているのだ。そういう契約ではなかったのか?」

「……せやね。うちら、別に友達でも恋人でもあらへんからなぁ」

皇帝と妃なので、夫婦だが。

蓮華は割り切って席に着いた。颯馬が茶を淹《い》れてくれる。まあ、この茶葉たぶん、芙蓉殿で買っとるやつやけどな！

蓮華はドクダミ茶を飲むし、ミックスジュースもあるが、さすがに高級茶葉がストックされていないのは問題だと陽珊に窘められたのだ。皇帝の出入りもあるため、用意しておくに越したことはない。

しかし……天明は茶に口をつけようとしなかった。颯馬が淹れた茶なのに、である。

「そうだ。お前と俺は、なんでもない」

天明の物言いが突き放すようだった。それはたしかにそうなのだが、拒絶されているような気分になる。

「そりゃあ、そうでしょうけど……そういえば、主上さんには味方おるん？」

打倒皇太后と掲げるのだから、いくらか勝算があるはずだ。そうでなければ、そのような目標は立てないだろう。ただでさえ、天明は「無能の皇帝」を装って「女にうつつを抜かしている」のだ。

この状態で、秀蘭の打倒に成功したとして、誰が付き従うだろうか。味方がいない状態で下剋上をしたって、三日天下になるのは戦国時代の有名な武将が教えてくれている。

「身分の卑しい女が権力をにぎっているのを、面白くないと思う者は多い」

天明はこともなげに言ってみせる。

たしかに、秀蘭は女性だ。しかも、貧民層出身のシンデレラである。おまけに、前帝を暗殺して今の地位を手に入れた。官僚や周りの貴族は面白くないだろう。そういう者たちを味方に引き入れて、天明は形勢逆転を狙っているのだ。

「例えば……そやなぁ。遼家、とかです?」

「あまり詮索するな」

遼家の名前は直感だった。秀蘭の政治で地位を落とした旧家なので、真っ先に浮かんだ。後宮にも、遼淑妃がいる。

少しばかり調べた情報によると、遼家は齊《さい》家と縁深い。そして、齊家からは先代の後宮の貴妃が輩出されている。亡くなった天明の兄、最黎の家なのだ。

秀蘭は、齊家とともに親類関係の遼家も中央から遠ざけた。遼家は秀蘭を恨んでいるだろう。打倒皇太后を掲げる天明に加担するのは納得だ。

「せやけど……それって、本当に主上さんの味方なんですか?」

蓮華は思わず口に出してしまう。天明が不機嫌そうに眉を寄せた。主の怒気を察して、いつもは無表情の颯馬もピクリと動く。

「共通の敵っちゅうんは、協力する理由になりますけど……目標を達成したあとも主上さんに協力的とは限らへん」

「そうなれば、切ればいい。そのための権力だ」

「そないに単純やないって、私にだってわかりまっせ？　だいたい、そういう勢力があるんは、主上さんのお母さんだって、わかってるはずや。なんもせんと放置しとるわけない。主上さん、そんなんもわからんような男には見えへんけど——」

「お前には、関係ない」

圧を感じた。

怒鳴られたわけでも、睨まれたわけでもない。それなのに、その一言で蓮華は黙らされてしまった。身が竦むような寒気がして、単純に恐怖を覚える。

けれども、蓮華の口は勝手に動いた。

「自分、ほんまにそれおもろい思うて言ってはります？」

関係ない。天明はたしかに、そう断じた。

あー。頭真っ白やわ。

「……そうですか。ちょっとばかり席を外してもよろしいですか？　すぐに戻りますので」

気がついたら、蓮華は立ちあがっていた。

天明は蓮華を従わせようとしていない。はっきりと拒まれたと確信したのだ。互いの利益のために手を結んでいるが、蓮華にとっての契約と、天明にとっての契約は意味がちがうとわかった。

少なくとも、蓮華は天明のことを契約相手であり、商売のお得意様だと思っている。それは同時に盟友でもあり、困ったときは手を差し伸べる関係でもあるはずだ。

一方、天明のほうは線引きしようとしている。蓮華を味方ではなく、ただの「駒」だと言っていた。

駒は黙れ、と。

「失礼します」

蓮華はくるりと身をひるがえして部屋を出る。このときは、不思議と関西訛りは消えていた。

「蓮華様……?」

部屋を出て、ずいずいとまっすぐ進んでいると、心配した陽珊が歩み寄ってきた。しかし、蓮華はそれすら突き放す勢いで回廊を闊歩《かっぽ》した。

❁　❁　❁

「失礼します」

そう言い放って出ていった蓮華を見送るとき、天明は思わず唇を噛んだ。そして、なんでもないかのように顔をそらす。

「主上」

蓮華が去った部屋で、颯馬が声をあげた。

「なにも言うな」

「……は」

颯馬が自分から発言を求めるのは、珍しい。だが、天明はそれを許さなかった。なにを言われるのか、だいたいわかっている。

「あの妃は失敗だったかな。聡すぎる」

しかし、今のところは充分に目的を果たしている。天明は利を天秤にかけた結果、「いや、鴻蓮華が適任だったのか」と、行きついてしまう。

「最黎なら、どうするか」

つい、口を突いて漏れた言葉だった。無意識で、無自覚だ。言ってしまったあとで、それは失言だと気づく。

「ここには、自分しかおりませぬ。ご安心を」

天明の心中を察したのか、颯馬が静かに言った。天明は何事もなかったかのように、肘掛けにもたれる。軽く目を閉じると、よくないできごとを思い出しそうだった。

――君は賢いな。

よくない記憶だ。

　思い出したところで、なんの意味もない。こういうところが、駄目なのだ。天明の弱い部分である。自覚はある。自覚があるからこそ、天明は──。

「戻りました」

　扉の向こうから声がした。蓮華が帰ってきたのだ。

　怒って出ていったように見えたが、意外と早い。むしろ、もう戻らないと思っていたのだが、本人の言うとおり「すぐ」だった。予想外だが、彼女が思ったよりも律儀だという理解も深まる。後宮での商売を軌道に乗せている女だ。その辺りは、信用できるのかもしれない。

　入室した蓮華の表情は、退室したときと変わっていた。とてもにこやかで、逆に気持ちが悪い。いつもの馴れ馴れしく距離を詰めてくる様子がなかった。調子が狂ってしまう。

「主上」

　主上さん、ではない。やはり、気味が悪かった。否、こちらのほうが正しい敬語の使い方なので、問題はないはず。

「主上が私のことを信用していないのは、よく理解いたしました」

おかしい。いつもの妙な訛りが消失している。顔だけ鴻蓮華のまま、まったくの別人になってしまったかのようであった。喋り方が変わるだけで、ここまで印象がちがうのか。切れ長の目も、整った薄い唇も、筋のとおった鼻梁《びりょう》も、いつもより冷たい鋼鉄の女のように思えた。

圧を感じる。

「ですから……今まで、言おう言おう思てたけど、いきなりコレ言うんは早いしなぁ！　そもそも、今の主上さんにコレ改善させるんは無理やから、黙っとこうかなぁ！　って思てたこと、言わせてもらってええですか!?」

「いきなり、もとの口調に戻るな！　気持ちが悪い！」

「うっさいわ、ボケ！」

「俺は呆《ぼ》けてなどいないぞ！」

「せやな！」

蓮華は手に持っていた紙の束を、机の上にのせる。重く鈍い音とともに、並んでいた茶器が甲高い悲鳴をあげた。中身がこぼれかけた茶器を、颯馬が慌てて支える。

書類だった。すべて蓮華の手書きのようだ。内容に目を通す前に、蓮華がものすごい剣幕で紙の束を叩きはじめる。

「うちが見た後宮の無駄ですわ！　右を向けば、無駄。左を向いても、無駄。無駄無駄無駄無駄無駄無駄無駄無駄無駄無駄ァ！　ぎょうさん書きためておきましたが、こんっっな量になりました！　どうしてくれますの!?」

どうすると言っても、どうしろと。

たしかに、天明から見ても後宮の無駄は多い。雑草を茶として飲み、野菜の根を植えて育て、葉物の芯まで調理して食べるような生活をしている蓮華にとっては、顕著だろう。それは否定しようもない。

「政治にどれだけ銭がかかるんか知りまへんけどなぁ！　金はあっても腐らへんし、あるに越したことはないんですわ！」

「は……？」

天明は思わず静止してしまう。一方の蓮華はいつも以上の大声で捲《まく》し立てながら、机を叩きはじめた。見かねた颯馬が素早く茶器を片づけ、否、避難させはじめる。

「うちなりに資金繰りだってしてんやで！　主上さん、なんも話さへんから、これくらいしか準備しようもあらへんし！　鴻家のお父ちゃんにだってなぁ！　今回の商売での利益配分、五分五分で交渉するん結構大変やったんやで！　うち、儲けてるように見えて、たいがいの利益は実家に吸いとられてんやからな！　まあ、うちは商売ができれば文句ないし、着手金はなんだかんだ投資してもらえるし、今までそれでよかったねんけど……誰のための金や思てんねや！　このドアホ！　アホ！」

頭が痛くなるような声で喚かれて、天明は耳を覆いそうになった。だが、蓮華に両腕をつかまれて阻止されてしまう。やかましい！

「顔が近い！　落ち着け！」

「ツバ浴びとけ！　ドアホ！」

「浴びせるな！」

妃のくせに、力が強い。そういえば、妙な遊戯を流行らせようとしていたか。だが、男の力で御せぬほどではない。天明は蓮華を座らせようと、無理やり肩を押さえ込んでやる。蓮華は「あだだだだだ！」と言って抵抗しつつも、椅子に座った。

はあ、はあ、と肩で息を何度かくり返したあと、蓮華は「ふう」と息をつく。どうやら、冷静になったらしい。天明は胸をなでおろしながら席に着いた。

「アホ……アホ……」

「阿呆《あほう》で結構だ」

とりあえず、話ができる状態になった。天明は眉間を押さえながら、つかれた息を吐く。

「要するに、なんだ。その金は俺のために貯め込んでいるとでも言うのか」

「せや。さすがに、政治は門外漢やし、うちに出せるんは口やなくて、お金やろ……？」

開いた口が塞がらなかった。

「俺はお前を利用しているだけなのに？」

「それはお互い様やし、どうせなら仲よくしたいやろ？」

「仲よく……？」

「商売相手とは、信頼関係が一番大事や」

いくらなんでも、人が好すぎる。

そういえば、蓮華に初めて出会った日を思い出す。彼女は自分を庇おうとした侍女を見捨てなかった。そのうえで自分が責任を負い、孤立状態となったのだ。

天明が目をつけなかったら、どうしていたのだろう。強《したた》かな女だから、黙って終わらなかったかもしれないが……あの時点で、策があったようには見えなかった。ゆえに、天明も声をかけたのである。

計算高いようで、救いようのないお人好しなのだ、この女は。

今更、彼女の本質を知り、天明は腹の奥が気持ち悪くなった。鴻蓮華という女を見誤っていただけではない。彼女の原動力が計算ではなく、「善意」であると気がついてしまったからだ。

「それにな。主上さん……うちのご飯、美味しそうに食べてくれるから」

蓮華の笑顔は底なしに明るかった。腹の中にしまった黒い感情が溶けていきそうだった。

「毒なんて入れてへんって……信じてくれてるんでしょ？」

けれども、天明はそれらを手放すわけにはいかないのだ。蓮華のような情や善意は不要である。

必要ない。だから、今まで捨てようとしてきたのだ。今更、そんなものに足をすくわれてはならない。人選をまちがえた。そう確信したが、もうあとには退けない。布石は打ち終わりつつある。

「お前は……お節介だ」

天明は蓮華から顔をそらす。

彼女が善意で動いているとすれば——天明を突き動かす感情は、悪意なのだから。

これから、俺はお前を殺すのだぞ。

❀ ❀ ❀

あとから言ってびっくりさせたろうって思てたけど、やぁめた。やめた！

しかし、洗いざらいぶちまけてみると、案外すっきりした。蓮華は落ち着いた心持ちで、天明と向きあっている。

天明は頻《しき》りに頭が痛そうにため息ばかりついていた。

「そないにため息ばっかりやと、幸せ逃げていきますよ?」

「お前は……」

天明がなにか言いかけて顔をそらした。

「どないしたん? お腹壊したん?」

「どうして、そうなるのだ……呆れているのだ、お前に」

「だって、なんか胃が痛そうな顔してたで。せや、うちのドクダミ茶飲みや! 胃に優しい薬草茶や」

「庭の雑草茶だろうが!」

「雑草は雑草でも、効果はあるんや。知らんけど」

「お前は……本当に……もうよい」

今までで一番深いため息だった。いやいやいや。ええ加減にせぇよ。なんか、一人で苦労抱えてるみたいになっとるけど、うちだってキレてんねやで? もう一暴れしたっても、ええんやで? そこ勘違いすなよ、ドアホ帝。ダボ!

蓮華はもう一言くらいなにか言ってやろうと、口を開く。だが、瞬間、窓の外で音が聞こえた。

枝を踏んだような音である。

今の話を、聞かれていた? すぐさま、颯馬が動いて、緞帳の外を確かめる。人払いは済ませてあるはずだ。殿舎の周りにいた女たちも、兵部に言いつけて、なんとかしてもらっている。

しかし、よくよく考えると……蓮華が部屋まで往復した際に、陽珊が持ち場を離れていた。その隙に、誰かが庭から回ったのだ。

颯馬が窓から飛び降りてすぐに、女性の悲鳴があがった。やはり、誰かいた。蓮華も外をのぞこうと、立ちあがる。

だが、窓辺に立とうとした蓮華の腕を天明がつかんだ。男らしい腕に、蓮華は抵抗などできない。そのまま静止させられた。

「なんやねん」

「飛び道具や火薬を持っていたら、どうする。颯馬にまかせろ」

まったく考えていなかった。天明は、外にいるのが刺客だった場合、蓮華の命が危険だと言っているのだ。颯馬が捕らえるまで、蓮華や天明は出ないほうがいい。

命を狙われ慣れた言動だった。蓮華は大人しく従うよりほかにない。

「主上、捕らえました」

ほどなくして、颯馬が報告した。安全を確認してから、天明が立ちあがる。蓮華も、天明のうしろからのぞき見た。

「……朱燐やない」

朱燐だった。細い腕を颯馬につかまれて、地面に押しつけられている。

「こ、鴻徳妃……」

朱燐は大きな瞳に涙を浮かべ、蓮華を見あげていた。

「朱燐は大丈夫や! 放したって!」

蓮華が訴えても、颯馬は朱燐を解放しなかった。あくまでも、彼は主人である天明に従うのだ。

「主上。この女です」

「なるほど」

え? なに? なんか、二人で「わかった」風な感じになってるんやけど?

「最初は不審に思って声をかけたのです。しかし、その次の夜も、また次の夜も、この下女は寝所へ近づこうと周辺を出歩いておりました」

「ちょっと待って。朱燐に声かけたって……粉洗髪のやり方聞きたかっただけやろ?」

颯馬が「下女が頭の洗い方を知りたがっています」と言っていたのを覚えている。

蓮華はすぐに朱燐だと気づき、洗髪の方法を紙に書いて渡したのだ。

しかし、そのあとも、何度も寝所に近づこうとした……？　朱燐と蓮華はほとんど毎日顔をあわせている。わざわざ夜、寝所へ近づく必要はない。

「………」

朱燐は黙っていた。

まるで、颯馬の言うことを肯定しているようだった。

「鴻徳妃、申し訳ありません……」

「なんで、謝ってんねん。それじゃあ、認めてるみたいやないの！」

「誰の差し金だ」

蓮華に比べて天明は落ち着き払っている。朱燐は唇を引き結んで、なにも話そうとはしない。

「母か」

朱燐は目を伏せる。表情を殺そうとしているように見えたが、天明にはそれで充分のようだった。

「では、お前の頸《くび》を手土産に、母に問うてみるか。あの悪女も少しくらいは動揺するかもしれぬ」

「秀蘭様は悪女などではありません！」

「やはり、あの女か」

「私の命など、いりません！　しかし、秀蘭様は……秀蘭様はみなが言うような悪女などでは、ございません！　信じてください！」

朱燐の声が悲痛に響くが、天明は聞く耳を持たないようだった——ちがう。これは蓮華に向けられた言葉なのだと悟る。朱燐は命乞いではなく、蓮華に秀蘭のことを伝えようとしているのだ。

「私の命は、一度捨てたようなものです……拾ってくださったのは、秀蘭様です。だから、どうでもいいのです！」

「もういい、黙らせろ」

天明はうんざりしたように、颯馬へ指示を出した。

「待ち！　その子は、うちの従業員やで」

だが、蓮華は窓から身体を乗り出して、颯馬を指さした。あまりの剣幕だったせいか、颯馬は動きを止めてしまう。

「うちがお給料払って、雇ってる従業員や。好き勝手されると困る！　うちは朱燐の雇い主なんや。守る義務がある。損害賠償求めるで……せめて、話だけでも聞かせて」

最後は天明に呼びかける。これは、天明が決めることだ。蓮華がいくら雇い主を主張したところで、皇帝である天明が「否」と判断すれば覆らない。

しかし、蓮華は……どうしても、わからなかったのだ。

天明は秀蘭を打倒すると言いながら、時折、寂しそうな顔をする。彼が秀蘭を斃《たお》したい理由が、蓮華には見えてこないのだ。

そして、天明は自身が主張しているほど、非情ではない。政治のために実の母を陥れるような男ではないはずだ。これまで彼に接してきて、蓮華はそう感じていた。だから、理由はわからないが、彼のために資金も調達しておこうと考えた。

蓮華は、まだ信用されていないのかもしれない。だが、少しは……信じたかった。

直感だ。根拠はない。

「話だけだ」

軽く息をついたあと、天明は颯馬に「中へ」と命令をした。

穏やかとは言えなかった茶会の席に、もう一人加わる。と言っても、朱燐は颯馬によって拘束されていた。

正面には、蓮華が座る。天明は蓮華のうしろで距離をとって立った。シン、と重い空気の中で、朱燐は口を開く。

「私は秀蘭様に命を拾っていただきました……」

朱燐の家は貧しかった。都でも貧民街と呼ばれる区画に住む。この国の最底辺の暮らし。食うに困った人々が、明日を生きるために必死である。そのような娘は珍しくない。同じ日にも、朱燐は親から花街に売られた娘だった。

近い境遇の娘は何人かいた。

しかし、朱燐は結果的に店から逃げ出してしまう。

朱燐は花街に売られたものの、とても痩せこけていた。普通の客をとるのはむずかしいと判断されたのだろう。朱燐が相手を命じられた客は、店の常連であったが、同時に悪質でもあった。

この店では、普通であれば取り締まられるべき犯罪行為も行われており……若い娘に過剰な暴力を振るうのを目的とした客がいた。もちろん、死んでしまうこともある。店側も、それを見越した娘を用意して、多めの報酬を得ているのだ。

朱燐は客から理不尽な暴行を受けた。何度も首を絞められ、水盤に顔を沈められる。朱燐が暴れている姿を見て、面白がっているようだった。朱燐は金で売られた娘で、相手は客だ。逆らえないのは、わかっているが——本能的に、朱燐の身体は動いていた。

朱燐は首を絞められて、近くにあった燭台をつかむ。気がついたときには、客を殴って逃げ出してしまっていた。

そして、運よく逃げられたものの、行くあてもなく……。

「私が愚かだったんです……逃げなければ、よかった……」

朱燐のような娘を雇う店などない。だから、身を売られたのだが……数日間放浪して、手持ちの金もなく、食料にもありつけない。朱燐はどうしようもなくなり、両親の家へ戻るしかなかった。また売られるだろう。罵倒されるだろう。殴られるかもしれない。しかし、そのときは、ほかによい方法が思いつかなかったのだ。

されど、家に帰った朱燐を迎え入れたのは、罵倒でも暴力でもなかった。もちろん、温かい愛情でもない。

暗くて狭い、穴倉のような家の中には、両親の遺体が転がっていたのだ。腐食がはじまっており、直視すらできなかった。辛うじてわかったのは、両親が殴り殺されたということだ。

朱燐が逃げたから。

当たり前だ。買った商品が逃げたのである。報復だった。両親には朱燐のもたらした損失を補う金もなかっただろう。

ここはそういう世界なのだ。優しく、みんなが手を繋いで仲よく笑うなど幻想である。それは貧民街で生活している朱燐がよく知っていた。

「そんな私を拾ってくださったのは、秀蘭様です……餓死寸前だった私を保護して、雇ってくださいました。充分なお給金と、住む場所を与えていただいたのです。読み書きまで……秀蘭様は、お優しい方なのです。悪女などでは、ございません」

朱燐はついに涙を流しながら続ける。自分など、どうでもいい。秀蘭を悪女と呼んだ天明に考えを改めるよう、訴えているのだ。

客観的に見れば……朱燐の主張は賢くない。

彼女が秀蘭の差し金で蓮華と天明の会話を盗み聞きしようとしていたのは、否定しようもなくなった。朱燐は主を庇っているようで、その繋がりを明らかにしてしまっている。一番悪いのは、彼女にその自覚がないことだ。

嘘をついているようには見えなかった。むしろ、危ういくらい正直だ。

どうして、秀蘭は朱燐をスパイに選んだのだろう。蓮華は疑問に思ってしまった。

「あの女は、お前になにを探らせようとしている」

天明が冷ややかな声で問う。

「……鴻徳妃のお人柄と、日々の動向です」

朱燐はやはり、あっさりと答えてしまう。蓮華には、ますます秀蘭が彼女を選んだ理由がわからない。いくら恩があるからと言っても、朱燐は間者に向かなかった。

「なるほど」

なにを納得したのか、天明は朱燐をながめて顎をなでた。

「主上さん、一つええですか？」

少なくとも、天明は話を聞いてくれる。そう確信して、蓮華は提案を口にした。

「朱燐をこのまま、うちで雇ってたらあかんでしょうか……」

彼女には、行くあてがない。家族もいない。秀蘭だけが頼みなのだ。こんな状態で放り出せば、どうなるのか目に見えている。そもそも、天明は朱燐の頸を刎《は》ねる気でいるのだろうが……あまりに可哀想《かわいそう》だ。

蓮華はどうしようもないお節介なのだろう。陽珊にも叱られた。天明からも指摘されている。前世でも、今世でも言われ続けている。そもそも、前世で死んだのは、道頓堀に放り込まれそうになったカーネル・サンダースの身代わりだ。

お節介である。けれども、蓮華はそんなお節介な自分のことが嫌いではない。大阪のオカンからも「困った人がおったら、助けたらなあかん。見放したら、それは恥や。大阪マダムが廃る」と言われて育った。知らんけど……そう信じとる。

「もちろん、皇太后さんへの報告はやめさせます。それで責められんように……そやな。一回、解雇にして鴻家で雇いなおしたらどうでしょ。そしたら、皇太后さんとの関係も綺麗に清算されますし――」

「いや」

苦し紛れにしかなっていない蓮華の嘆願を天明が遮った。そして、彼は朱燐に視線を向ける。朱燐は緊張した様子で、唾を呑み込んだ。

「このまま、続けろ」

「え？」

意味がわからず、朱燐も蓮華も目を見開く。颯馬だけは、あまり表情が変わらなかった。

「これまでどおり、皇太后へ鴻徳妃についての報告を続けろ。ただし、今日のことは伏せておけ。それが条件だ……そうだな。文面は一応、颯馬に見せろ」

え？　なんでやねん？　蓮華は目が点になった。朱燐も同じである。

「二重スパイ……いや、間諜《かんちょう》でもさせるん？」

さすがに、スパイはわかりにくいと思い、間諜と言い換える。

「否だ。これまでどおりでかまわん」

どういうつもりだ。さすがの蓮華も不審に思った。

天明は蓮華に大事なことを隠している。

なにを考えているのか、わからない。

朱燐の命が助かり、処遇が変わらないのは喜ばしいが……蓮華は不安を覚えずにはいられないのだった。

巨人戦　大阪マダム、迫る！

一

なんでやねん。

ああ、なんでやねん。

なんで、この国には蛸ないねーん！

そう言い続けてきたが……ついに、蓮華のもとに蛸が手に入ったという情報が舞い込む。先んじて文書が送られてきたのでまちがいない。丸っこい頭から、長い足が何本も生えた絵がついていた。おまけに、墨まで吐くらしい。

これは期待できる！　以前に蛸だと思ったらクラゲだったときはガッカリしたが、今回はまちがいない。

連絡をもらってから、蓮華は毎日ウキウキで過ごした。たこ焼きに蛸が、あるとき～！　ないときぃ……確実にテンションがちがう。ああ、551の豚まんもなつかしい。食べたい。

「蓮華様、ご希望の品が届きましたよ」

毎日、蓮華があまりにも楽しみに待っていたせいか、木箱を持ってきた陽珊の声も弾んでいた。ますます期待が高まり、蓮華もニッコニコである。

「待ってたで〜。蛸ちゃん!」

これで、本物のたこ焼きが食べられる。蓮華はわくわくと胸を弾ませた。木箱を持ってきた陽珊も、一緒にのぞき込む。未知の生物に興味があるようだ。ついつい「蛸やぁぁああ!」と叫びながら回廊を走ってしまったので、芙蓉殿の女官や下働きたちにも聞こえただろう。

木箱をゆっくりと開け、やがて蓮華は表情を変えた。


ジュワー。

鉄板から、もくもくと湯気があがる。蓮華は粛々と、調理に専念した。

「なんだその……腑《ふぬ》抜けた表情は。お前らしくもない」

専念しすぎて、ついつい天明がいるのも忘れていた。まあ、真っ昼間から後宮で遊ぶ皇帝など、無視でもええかも。フリとはいえ、働いていないのには変わりない。

「いやまあ、別に……」

平べったい鉄板は、たこ焼きプレートではない。お好み焼き用だ。

そこで湯気をあげているのは、「粉もん」であった。今、焼いているところだ。邪魔せんとって。

「得意のお好み焼きか？」

「ちゃうわ」

蓮華は投げやりに答えながら、焼けた生地を裏返す。もうしばらくすれば、完成。

「……まあ、これも好きやから、ええけどな。お待ちどうさん。大阪名物イカ焼きですわ」

焼けた生地を銀の平皿に盛って天明に渡した。落差からの立ちあがりでテンションはいつもより低めになってしまう。

蛸だと思って輸送された海洋生物は——イカだったのだ。

頭から長い足が伸びている。吸盤もあり、墨も吐く。茹でると赤くなる……だが、それは蛸ではない。イカだったのだ。木箱を開けた瞬間、蓮華は頭を抱えながら「なんでやねぇぇぇええん！」と叫んで崩れ落ちてしまった。その声は、遥か千里を駆けめぐったことだろう。知らんけど。

そして、こうやって……イカ焼きを作ったというわけだ。

大阪以外でイカ焼きと言えば、イカの姿焼きを思い浮かべるだろう。縁日の屋台で、タレ漬けにしたものを焼いて売っている。あれはあれで、美味しい。

けれども、そこは粉もん文化の大阪である。イカ焼きと言えば、小麦粉と卵、出汁などなど混ぜたもっちり食感のこちらだ。キャベツは入れない。イカと粉の歯ごたえを楽しむ。安い・早い・美味《うま》いの三拍子がそろい、おやつや酒のつまみに最適だ。

イカが安定供給されれば、こちらも商品化したいが……今の蓮華は、蛸が手に入らなかった衝撃に打ちのめされていた。なにも考えたくない……気がついたら、無心でイカ焼きを作る鬼と化している。

イカ焼きの皿を受けとって、天明は足を組みなおす。

「おおむね、いつもどおりで安心したぞ」

「はあ？　テンションさげさげやわ。蛸なくて、うちの心も蛸殴り……」

「む。美味い」

「そういうの、ボケ殺し言うんやで！」

蓮華のボケにキレがなかったのは、棚にあげておく。あかん、調子悪い。きっと、蛸がないからや。

蓮華の気落ちなど露知らず。天明は涼しい顔で、イカ焼きを咀嚼していた。箸が止まらないので、美味しいのだろう。本当によく食べる。毒味に裏切られ、妙な偏食があるとは思えなかった。

「おかわり、いりますか？」

「ん……」

最近、この皇帝は昼間も後宮に入り浸っている。周囲へのカムフラージュなのは理解できるが……。

「なあなあ、主上さん。あんまりにも仕事してなさすぎアピールしとると……いざ、実権にぎったときに苦しいのちゃいます？」

いくら皇太后打倒を希望する派閥が貴族や官吏にいたところで、あっさりと天明に味方してくれるとも思えない。蓮華には、天明の振る舞いが最適解ではない気がした。

もちろん、蓮華には政治がわからない。わからないが……違和感があるのだ。

「表立ってなにかをすれば、あの女から疑われるわけだが」

「そりゃあ、そうでしょうけど。まあ、そうなんやけど？」

蓮華には引っかかってしまう。

朱燐を生かし、そのまま間諜行為を容認しているのも腑に落ちなかった。聞けば、朱燐の報告書は颯馬が目を通しているそうだが、内容の訂正はされないらしい。今までどおり、蓮華の日常が皇太后へ報告されていた。

朱燐を助けてほしいと頼んだのは蓮華自身だが……妙なことが多い。

「だいたい、皇太后が前の皇帝や兄ちゃん殺した言うても……証拠あらへんし」

蓮華だって、天明の言葉をすべて鵜呑《うの》みにするアホではない。皇城や後宮に残る資料、噂話《うわさばなし》を陽珊に集めさせた。

たしかに、皇太后たる秀蘭が殺害したと噂する人間も多い。市井にも、そのような話が流布されていた。秀蘭を悪女と呼ぶ者がいるのも事実だ。

けれども、証拠はなかった。前帝の典嶺帝が倒れたのは毒によるものだった。そして、後を追うように第一皇子の最黎が亡くなっている。ゆえに、天明が繰り上がって即位する流れとなった。

そして、典嶺帝と最黎皇子を毒殺した人間は、公式には当時の宰相だった李紹興《りしょうこう》とされている。彼は自身が両名を殺害したという遺書を書いて、服毒自殺しているのだ。このため、公の文書において秀蘭は無実となっている。

つまり、状況証拠だけで、彼女のことを悪女と呼ぶ風潮ができているのだ。

「証拠ならある。ただの噂で決めつけるものか」

蓮華の言わんとする内容を読んだのか、天明はそう言い切った。しかし、蓮華が「証拠?」と首を傾げても知らんふりだ。こちらに手の内を開示する気はなさそうだった。強情である。

だいたい……天明が無能なのは、前帝殺害よりも前からという話だ。つまり、秀蘭が凶悪性を見せる前から、彼はそのように振る舞っていた。母親の本性をわかっていたとでも言うのだろうか。だが、そうなると……秀蘭の朱燐への待遇も気になるところだ。そこまで性悪な女が、朱燐のような娘を拾うだろうか。

「あれは権力のためなら、なんでもする女だ」

「……そうやろか？」

「そうなのだ」

納得がいかない。なにかがおかしい。

「本来なら……この席に就くのは、俺ではなかった」

天明の言う席とは、皇帝の位だろうか。

であれば、本来就くはずだったのは――毒殺された最黎皇子？　天明の兄。正確には、別の妃が産んだので天明とは腹違いである。皇族は、こういう腹違いの兄弟がお約束らしい。親戚を覚えるのが大変そう。

天明の表情は暗かった。目線はイカ焼きを見ているようで、見ていない。ここではないどこかに思いを馳《は》せているような、そんな気がする。おい、飯食うときくらいは、よう味わわんかい。

「主上さんは……最黎様が皇帝になってほしかったんですか？」

つい聞いてしまった。

おそらく、天明は答えないだろう。これは地雷のような気がする。それでも、聞かずにはいられなかった。

「話が過ぎたな」

天明は、案の定、回答を示さない。食べ終わったイカ焼きの皿を置いて、立ちあがる。完食したのだけは、褒めたってもええで。

「帝位を拒む者が、実権なぞ獲ろうとはしないだろう？」

問いに対して、逆に問いで返された。蓮華は黙るほかなかったが……これは、嘘やと思う。

きっと、嘘や。

そう確信しつつ、なにも言わずにおいた。ここで追及しても天明に喋る気はサラサラない。それを感じとれない蓮華ではなかった。

やはり、蓮華は「味方」として数えられていない。天明にとっては駒。秀蘭を斃すために用意した、なんらかの布石だ。腹立つわー。なんやねん、こいつ。

しかし、そうとわかっていても……蓮華は天明を見捨てることができそうになかった。彼の口を割らせるためには、なにが必要なのかを頭が考え続けている。

天明が退室すると、外で待っていた颯馬が蓮華に一礼した。彼は彼で、表情に乏しいが礼儀正しい……あいかわらず、どっかで見たことある気ぃするけど、ほんまどこやったかなぁ。ど忘れした。

「鴻徳妃」

こんな風に、颯馬から話しかけられるのは珍しい。彼は前を歩く天明の目を気にしながら、声をひそめた。

「あなた様を見ていると、不思議と安心するのです。なぜでしょうか」

「はい？」

唐突にそう言われて、蓮華は目を瞬かせる。一方、颯馬は大真面目のようだ。いつもは表情のなかった顔を、少しだけ緩めた。

「主上を頼みますよ」

なんやようわからんけど……うち、頼りにされとる？

「あ……はい」

蓮華は目を凝らして、よぉく颯馬の顔を見た。案外、笑った顔がやわらかい。彼は、こんな表情をするのか。

そして、やっぱりどこかで……。

西域風の彫りが深い顔……白髪で……イケメンとまではいかないが、不細工ではない。宦官にしては、男っぽい顔だ。

なぁんか、無性に……あ！

「あ？　あ！　あああ！　ああああああ！　――カーネル・サンダース！」

突然、大声をあげてしまった。それにびっくりして、颯馬は目を丸くする。前を行く天明も、立ち止まってこちらをふり返った。

年若いせいで気がつかなかったが……蓮華は颯馬の顔に、両手で作った輪っかを押し当てた。似とる! カーネル・サンダースや!

「は?」

「思い出せてすっきりしたわ! 歳とったら、カーネル・サンダースそっくりになるなぁ!」

「はい?」

颯馬は蓮華の言っている意味がわからないまま、首を傾げている。だが、蓮華のほうはイカでさがったテンションがメリメリあがっていく。今やったら、バックスクリーンにホームラン三連発叩き込めそうや! かっとばせ、バース! かっとばせ、蓮華!

そして、確信した。やっぱ、カーネル・サンダースはバースとそんなに似ていない。マジで、誰や。似てるとかいう理由でカーネル・サンダースを道頓堀に放り投げたのは! ヒゲ面の外国人なら、誰でもよかったんやろ!

そして、蓮華の救ったカーネル・サンダースはどこのケンタッキーから強奪されたものだったのだろう。未《いま》だに謎だ。

「これもなにかの縁や。きっと、また救ったる! うちに、まかせとき!」

蓮華は張り切ってカーネル・サンダース、ではなく、颯馬の肩を叩く。颯馬は「は、はあ?」と唖然《あぜん》としていた。天明も、わけがわからないといった様子だ。

蓮華はそんな二人を放って芙蓉殿の中を走っていく。そして、すぐさま、陽珊を呼びつけた。

調べたいことがある。

❀　❀　❀

——否だ。これまでどおりでかまわん。

朱燐は天明のことを思い出すだけで、身が震える。

今代の皇帝は無能の遊び人だと聞いていた。しかし、それは嘘だと朱燐は確信する。

秀蘭が世間で言われるような悪女ではないのと同じだ。何事にも、真実があるのだと思い知らされた。

どういうわけか、朱燐は捕らえられず、生かされたまま芙蓉殿での仕事を続けている。秀蘭への報告書だけは確認されるが、それだけだ。なにかを訂正されたり、書き足しを要求されたりしたことはない。

「…………」

朱燐は回廊の向こうから歩いてくる人物を確認して、素早く頭をさげる。

皇帝である天明が芙蓉殿を訪れる際、通り道や滞在する部屋は人払いがされた。けれども、朱燐はそこへの立ち入りを許可されている。もちろん、盗み聞きでもしようものなら、颯馬に見つかるので近づきはしない。だが、逆に回廊などで、天明と遭遇する機会が増えていた。

まるで、朱燐に自分の姿を見せようとしているようだ。

逆に朱燐を監視しているのではないか。あまりいい心地はしない。そもそも、皇帝など雲の上の人だ。朱燐にはこの緊張感が心臓に悪い。

少し前に蓮華が走り去るのが見えた。そのときは、「鴻徳妃はあいかわらずですねぇ」とのんきに笑っていたが、そのせいで、皇帝がこんなところを歩いているのだと思うと複雑だった。

「颯馬。鴻徳妃は、あいもかわらず美しいな」

朱燐の前を通り過ぎるとき、天明は声を発した。わざわざ朱燐に聞かせている。朱燐は頭をさげたまま、身動きしないようにした。

「……そうでございますね」

颯馬が平坦な声で答えていた。朱燐はそれを黙って聞いているだけだ。早く去ってくれないだろうか。妙な緊張感が続き、朱燐の額に汗が浮かんだ。

「…………!?」

けれども、ほどなくして強く床を踏みしめる音がする。朱燐は思わず顔をあげてしまった。

そのとき、ちょうど天明の身体が大きく傾き、回廊の壁にもたれかかっていたのだ。

颯馬が肩を支えている。

「主上！」

思わず朱燐も飛び出してしまった。けれども、天明は朱燐にも颯馬にも、手を前に突き出して拒絶を示す。

「案ずるな」

案ずるなと言われても……朱燐は不安になりながら、再び頭をさげる。周囲には、誰もいない。見たのは颯馬と朱燐だけだ。

体調でも悪いのだろうか。顔色を確認できなかった。天明に大事があれば大変だ。

前帝の崩御を思い出す。政は民草には理解しがたい世界だが、為政者が替わるということは生活も変わるのだ。それで貧民街に堕《お》ちた者も多い。

朱燐は不安を抱えたまま、天明たちが去るのを見送った。

その日、朱燐が書いた報告書はこうだった。

定時報告。

本日も、動向に異常なし。主上がお倒れになった。軽度のめまい。すぐに歩くことが叶ったが、心配である。鴻徳妃より、烏賊《いか》焼きなるものを賜る。味わったことのない食感が大変美味だった。主上も鴻徳妃の明るさと美貌を気に入っておられるご様子。

この報告も颯馬が閲覧したが、とくに訂正されないまま秀蘭のもとへと届けられた。

❁　❁　❁

芙蓉殿で働く朱燐からの報告を見て、秀蘭は顔をしかめた。

気になる記述がある……そこを指でなぞって、息を吐く。

どうしたものか。よりによってこの時機に、芙蓉殿から鴻徳妃の名で、事業に関する議事録の閲覧申請が出ていた。皇城で管理されているものだ。

鴻徳妃は、なにをしようとしているのか。

誰を脅かすためのものだろう。

「たしかめる必要がありますね」

秀蘭の吐いた息は重かった。定時報告の書類を脇に置いて、秀蘭は両手の指を組みあわせる。苛立ちと焦燥感が隠せていない。

天明が妃の殿舎で食事をしていると聞き、嫌な予感がしたのだ。

「…………」

毒物には種類がある。

即効性が高く、すぐ死に至るもの。遅効性で時間が経《た》ってから効果が見えるもの。

そして、少量ずつ服毒させ、病のように殺すもの。

その目的によって使い分ける必要があった。

最初は軽度のめまいや倦怠感《けんたいかん》。次第に、嘔吐《おうと》や手足のしびれを感じるようになる。やがて立ちあがることもできず、そのまま、緩やかに臓器が使いものにならなくなっていく。床《とこ》に臥《ふ》し、気づいたときには、もう手遅れ。

露見する可能性はあまりない。毒物を疑われるのは、床から起き上がれなくなってからなのだから。

これは入手が困難な希少毒だ。

けれども、秀蘭にはその知識があった。

自分がかつて使用した——最黎を殺した毒である。

二

「曲宴《きよくえん》?」

　ピンと来ない単語を見て、蓮華は首を傾げる。

「とりあえず、パーティーなん?」

「派阿丁《ぱあてぃ》?　宴よ、宴」

　夏雪がキツめの口調で蓮華をたしなめた。

「お!　ええ感じのツッコミ、ありがとさん!」

　ボケたつもりはないが、突っ込んでくれるのはありがたいものだ。蓮華は夏雪の肩をポンと叩いて礼を言う。夏雪はイカ焼きをもぐもぐ食べながら、「もう……」と呆れ顔だ。

「いいわ。せっかく、貴重な食べ物をわけてくれたのだもの。教えてあげましょう。わたくしに、なんでも聞くのだわ」

　夏雪は「ふふん」と胸を張って笑う。さすがは、お貴族のお姫様。貴族の遊びは貴族に聞くに限る。貴族の習慣や好みを調査するのに、夏雪の情報は大変重宝していた。

ちなみに、今焼いているイカ焼きで、仕入れたイカは最後だ。また入荷するまで、これが食べおさめである。

「水仙殿《すいせん》の近くに池と小川があるでしょう？」

「あー、あのバァーっと行って、ガッと曲がったところにあるやつ？」

「そう。その小川を使って遊ぶのよ。川に酒の入った盃《さかずき》を浮かべてね」

なんとなく、雅《みやび》な想像がついた。なるほど。貴族の考えそうな遊びである。

蓮華としては笹舟《ささぶね》を作り、誰が一番に下流へ辿りつくか競いたいところだが……それは貴族的な遊びではない。

「で、曲宴では小川を流れる盃が自分の前を通り過ぎるより先に、出席者が順番に詩を詠むわけ。それをみんなで評価しあって、仲よくしましょう。こういう趣旨なの」

「なるほどなぁ……」

特殊なお遊びを交えた宴というわけか。雅な趣向を楽しむと同時に、教養も試される。ゲームもカラオケもない文化の人間が工夫して考えた遊びだ。

しかし、問題は宴の内容ではない。

曲宴に招待されたのは四人の正一品だ。そして、主催者は……秀蘭であった。彼女が後宮に訪れることは滅多になかった。

どうして、秀蘭は正一品を曲宴に誘ったのか。

これは……蓮華に会いに来たのではないか。

そう直感していた。

天明が後宮に入り浸っていると言っても、ほとんど蓮華のいる芙蓉殿である。ほかには考えられなかった。

ちょうど、請求していた情報が陽珊からあがってきたところだ。

蓮華のほうも、そろそろ秀蘭に会いたいと思っていた。

❀　❀　❀

果実の味は好かないが、この甘みは様々な記憶を思い出させてくれる。それは、いい記憶もあれば、悪い記憶も――否。今となっては、天明にとって、すべてが悪夢のようなものかもしれぬ。

口に含んだ飴の甘さ。性懲りもなく、蓮華が渡してきた飴だった。

天明は甘みを舌で転がし、もてあそぶ。砂糖と、果実の甘さが広がった。天明の知らない味だが、よく知った味でもある。

皇帝の居住する天龍殿《てんりゅう》から見える庭のながめは、あいかわらずだった。のどかに池が太陽を反射して輝いている。対岸には季節の花が咲き、主人の有無にかかわらず夜になったら無数の灯籠に火が灯る。あのうるさい徳妃が見たら、「節約!」と目くじらを立てそうだ。

駄目だ。脳裏にあの妙な口調が浮かんできた……天明は緩く頭を横にふる。だいぶ毒されていた。よくない傾向だ。

本来、この天龍殿にいるのは自分ではない。

帝位も、皇城も、後宮も、都も、国も——なにひとつ、天明が持っていていいものではないのだ。

天明には帝位の資格などない。

この地位にいるべき人物は別にいた。

天明では駄目なのだ。だのに……今、ここにいるのは天明だった。なにもかもが天明のものである。

ひどい矛盾で、歪みだ。こうなることなど、一度も望まなかった。だが、実際はちがっている。今でも、なにかのまちがいではないかと自問するが、無情にも夢ではなかった。

「主上」

颯馬だった。報告を持ってきたようだ。

西域風の顔立ちは、凰朔の都には珍しい。皇城ならなおさらだった。彼の父は官吏だが、母は異民族の出だ。交易の多い凰朔では、このような出自も今では珍しくない。天明の顔にも、やや西域の風が吹いている。母方の身分が低いので、どこかで混ざったのだろう。

秀蘭がまだ前帝の正妃だったころ、天明は後宮で暮らしていた。皇族は幼少期、母とともに後宮で過ごす。颯馬はそのときからの付き人である。いつも天明を気にかけて、帝位に就いたあとは去勢して宦官になったほどだ。天明の策を知り、後宮への出入りができたほうがよいと判断したらしい。

馬鹿な男だ。天明などに人生を捧《ささ》げなくとも、ほかにいくらでも道があるだろうに。

「皇太后が鴻徳妃に接触するようです」

その報告を待っていたとばかりに、天明は立ちあがる。思ったよりも動きが遅かったが、結果が出たのでいい。いや、ついに実ったと言うべきか。

「わかった」

皇太后が——秀蘭が動いた。天明の張った網にかかろうとしている。

「主上」

まだなにかあるのか、颯馬がもう一声あげる。膝をついたまま、頭《こうべ》を垂れていた。

「述べよ」

「は……よろしいのでしょうか？」

颯馬が述べたのは、追加の報告などではなかった。そして、それはあまりにも……愚かな質問だった。

ふと、頭の端に馴れ馴れしい笑顔が浮かぶ。妙な訛りの言葉が耳について離れなかった。どうして、彼女を思い浮かべてしまったのか。

「なにがだ」

舐めていた飴を奥歯で噛む。砕ける音と、少しの衝撃。そして、押しつぶされた甘みが口で弾けた。

「申し訳ありません」

颯馬も愚か者ではない。それ以上はなにも言わず、黙ってしまった。それでいいのだ。天明はそう言い捨てるように、庭へ視線を戻した。

陽射しを照り返す波紋が、軒に輝きの影を作っている。

その様がひどく歪で。

美しいとは、思えなかった。

三

曲宴の席は異様な雰囲気であった。

後宮の空気というのは、代によって異なるらしい。妃は皇帝の妻である。皇帝が代替わりすれば、新しく作りなおされるのが常だった。そうなれば、妃の面子《メンツ》によって自然とカラーが変わる。

二代前の皇帝の後宮は、とにかく厳格だったらしい。みんなが規律を守っていい子にしていたため、妃同士の派閥や争いもさほどなかったという。優等生だ。

前帝の後宮は競争心が激しかった。秀蘭のようなシンデレラガールが生まれるのだから、当然だろう。我も我もと妃たちが競いあった。結果、暗殺や謀殺など、蹴落としあいが横行していたようだ。成人した皇子は天明と最黎の二名だったが、そのほかに夭逝《ようせい》した皇子もいた。

今代……天明帝の後宮は言わずもがな。

寵妃として認知されているのは、徳妃鴻蓮華。妃でありながら、後宮での商売をはじめるなど初っ端《しょぱな》から飛ばしている。正一品が集まれば、たいてい仲よしタコパ。妃たちは、たこ焼きを買い求め、縞柄のユニフォームを着て棒で球を打つ球技に興じる。史上稀に見る平和惚《ぼ》け後宮であると評されていた……まあ、たいてい、うちのせいなんやろうけど。

みんな楽しくにこにこ暮らせればいい。そんな蓮華の生き方が反映された結果とも言える。

そのような平和な日々を過ごす後宮にとって、この空気は異様だった。引きしまっている。いや、本来はこのくらいの緊張感が後宮らしさなのかもしれないが……ああ、肩凝る！

原因は見えていた。

曲宴を主催したのが皇太后の秀蘭だからである。皇城にて実権を持つ人物。彼女のことを「女帝」と称する者もいた。

現状の後宮で一番の影響力があるのは蓮華かもしれない。だが、秀蘭はこの国で一番の権力を持っている。その対決を妃たちは見守るというわけだ。いわゆる、阪神巨人戦な。決して、巨人阪神戦やない。

「プレイボールと行きましょか」

誰にも聞かせないが、蓮華はそう宣言する。

曲宴のルールは、事前にあった夏雪の説明どおりだ。小川には、等間隔で正一品の妃たちが座っている。

上流から、皇太后、遼淑妃、劉貴妃、陳賢妃、鴻徳妃の順で詩を詠む。盃が流れて来たらすくいあげて、酒を少し飲む。うしろの妃は、その間に詩を考える。できれば先頭の秀蘭が詠んだ詩にあわせた内容が好ましい。つまり、一番手が圧倒的に楽だ。制限時間はないので、盃をとってから考えてもいいらしい。まあまあ、ゆるゆるのルールである。詠まれた詩は、のちに行われる食事会の席で互いに品評するのだ。要は酒を回し飲みしながら詩を詠み、それをネタに食事をしましょうというゲームである。

貴族らしい雅な遊びだが、気負うこともない。笑ったらケツバットされるとか、詰まったら椅子が回るとか、そんな仕掛けはないのだ。もちろん、ボケたら全員が膝から転げてリアクションをとってくれる様式美もない。

「鴻徳妃は、こちらへ」

曲宴のために、小川には妃たちが座る台座が設けられていた。急ごしらえだというのに、ずいぶんと華やかでしっかりとしている。蓮華の席には、蓮の花を模した飾りがあしらわれていた。おそらく、芙蓉殿の花だからだろう。お遊びにも本気を見せる姿勢は嫌いではない。

秀蘭の席は蓮華から一番遠かった。しかし、その姿を確認するには充分だ。

先代の後宮にいた女性である。年齢は蓮華よりも、ずっと上だ。だが、美しさという概念において衰えは見られない。さすがは、前帝の選んだシンデレラガール。

少し垂れた目尻や、唇の横にあるほくろが艶めいている。髪や肌も若々しく瑞々《みずみず》しさを保っており、妙な色気が漂っていた。鼻や唇の形が天明と似ており、実の親子であることを印象づける。

黒と橙色《だいだいいろ》を基調とした襦裙が……ほほーぅ？　さては、巨人ファンやな？　めっちゃ喧嘩売っとるやないか。ええで。うちかて、今日も勝負服や。蓮華は虎柄の襦を見せつけるように、背筋を伸ばして座った。

「本日は、お集まりいただき、ありがとうございます」

開宴のあいさつに、秀蘭は正一品たちへ視線を向けた。主催は彼女だ。妃たちへの謝辞は慣例であった。夏雪や蓮華をはじめとした四人の妃は、順に頭をさげる。

そうやって、ようやく曲宴がはじまった。

小川に盃を流す性質上、順番は上流からである。つまり、秀蘭からはじまり、蓮華で締める流れだ。大トリは緊張する。サービス精神旺盛な大阪マダムは滑ることを最も嫌うのだ……まあ、今回はギャグ言うわけやないから、幾分か気が楽やけどな。笑わせる必要ないし。

小川に盃を流すと、曲宴のはじまりだ。まずは秀蘭が盃を持ち、詩を詠む。

「花有り月無ければ、恨み茫茫《ぼうぼう》

月有り花無ければ、恨み轉《うた》た長し

花美人に似て、月鏡に臨み

月明水の如く花香を照らす

笻《つえ》に扶《たす》けられて、月下花を尋ねて歩み

酒携えて花前月に對《たい》して嘗《な》む
此《かく》の如き好花、此の如き月
花月を將《もっ》て尋常と作す莫《なか》れ」

こういう場では、先人が詠んだ詩を選んで模すものだと、夏雪から聞いた。パクってるんかいって思わんこともないけど、詩を知っているか、知らないか。また、選び方で相手の教養をはかって褒めるのが目的らしい。

秀蘭が詠んだ詩は唐伯虎《とうはくこ》による凰朔では有名な『花月吟《かげつぎん》』である。凰朔国に転生してから基礎教養として習ったが、似たような漢詩を前世でも見た気がした。歴史背景が異なるので、解釈は向こうとちがっていることもある。こういう文化というものは、世界が変わっても似通ってくるのかもしれない。鰹節が手に入ったのと同じで。

内容としては、花と月の美しさを詠《うた》ったものだ。おそらく、花の咲き誇る様子に自らの美しさと栄華をかけている。いつまでも続くとは思わないという締めに哀愁があり、驕《おご》ってはいけないという秀蘭の決意表明のように思えた。知らんけど。

そして、次は正一品の妃たちへとバトンが渡る。一人ひとり、盃を持って詩を詠み、酒に口をつけて次の妃へ。秀蘭が花月吟を詠んだためか、花の詩が多かった。

蓮華の前に盃が流れてくる。陽珊がこれを小川からとり、蓮華へ手渡してくれた。蓮華は両手で受けとり、すうっと息を吸いこむ。行くで。吟じます。

「花開けば蝶《ちょう》、枝に満《み》つ
花謝すれば蝶還《また》、稀なり
惟《ただ》、舊巣《きゅうそう》の燕《つばめ》有りて
主人、貧しきも、亦歸《またかえ》る」

詠んだ瞬間、辺りが静まり返る。芸人がステージで渾身《こんしん》のギャグを放ったにもかかわらず、大滑りしたときのような静けさであった。

これも、やはり凰朔ではポピュラーな詩だ。于濆《うふん》による『事に感ず』である。詠みまちがえているわけではない。けれども、蓮華はどうしてこのような反応なのか、わかっていた。むしろ、予想どおりである。

はー。狙ってたけど、実際に滑るとキッツいわ。

群がった蝶は、花が散れば去ってしまうという内容――栄枯盛衰《えいこせいすい》。衰えた者の周りからは蝶が去る。秀蘭のあとに詠むべき詩ではない。おまけに、秀蘭の出自は貧民だ。それを知っていて、この詩を選ぶ必要はなかった。

この詩は秀蘭への宣戦布告のようなもの。

蓮華は秀蘭に視線を向ける。枯れることのない美しさを保った女人は、感情の読めぬ表情で蓮華を見ていた。しかし、蓮華は涼しい顔でその場をやり過ごす。

接触するとすれば、このあとの食事会である。

まだまだ三回表。ここからが、巨人戦の本番やで。

食事会という名の品評会は、いわゆるお通夜モードではじまった。シケてるわ。こんな空気嫌やねんけど。って、うちが作った空気か！　ま、しゃあない！　妃たちが食す料理の毒味がはじまる。蓮華としては、早く食べたいし、量が減るのでこの儀式は好かない。

「鴻徳妃」

ようやく食事会がはじまり、最初に口を開いたのは秀蘭だった。垂れ目で優しい印象の目尻だが、声は冷ややかだ。伊達《だて》に政治の実権はにぎっていない。いや、ここまでのし上がるだけの覇気があると証明していた。

たった一言で、場を掌握してしまう。

背筋にぞくりと緊張感が走る。一言発するだけでこのような空気を作りあげる人物を――蓮華は天明を思い浮かべた。

為政者だ。

まるで、巨人のようにそそり立ち、こちらを圧迫してくるようだった。けれども、蓮華は決して退かない。巨人が相手でも、こっちは虎や！　虎舐めんな！

「どうして、あの詩を詠んだのでしょう」

はい！　ストライクゾーンど真ん中にストレートきました！　この巨人、いや、皇太后様はうちと殴りあう気満々やな！　そういうことなら、こっちも応戦せないかんやろ。バントも盗塁もなし！

「もちろん……秀蘭様について詠ったんですわ」

蓮華はできるだけ涼しい笑みを浮かべた。妙な緊張感のせいか、力みすぎている。ついつい、関西弁の訛りが出てしまった。ま、今更か。

「ちょっと、蓮……鴻徳妃。いつもの冗談はおよしになって」

見かねた夏雪が口をはさんだ。どうやら、蓮華を庇って誤魔化そうとしているらしい。遼淑妃や劉貴妃も、心配そうに蓮華を見た。

しかし、蓮華に止まる気はなかった。うちだって、たまには大真面目にせなあかん。いや、いつも全力投球大真面目やねんけど。

「冗談やありません。あの詩は秀蘭様に宛てました」

そう言い切って、蓮華はしゃんと背筋を伸ばした。言葉に一切の淀みはない。でも、訛りはしゃあない。こっちのほうが気合いも入る。

「秀蘭様に、お似合いの詩やと思います」

花の盛衰に喩《たと》えた詩が。

眉を寄せるのは秀蘭ばかりではなかった。庇おうとしていた夏雪も、いよいよあきらめた様子だ。

「私は散った花であると?」

その問いに、蓮華は首を横にふった。

「今はまだ――しかし、じきにそうなるおつもりなのでしょう?」

蓮華の言い回しに、秀蘭は顔をしかめる。だが、それは驚きの表情だった。怒りのような面持ちで隠そうとしている。蓮華は仮説を確信に変えて続けた。

「せやけど、花が散り、蝶が去ったあとでも帰ってきてくれる燕はおります。あなたには、そういう燕がおると思とりますよ」

ほかの正一品の面々には、蓮華の言っている意味がわかっていないようだ。

しかし、秀蘭はちがう。理解している。

そもそも、天明と秀蘭には違和感しかなかったのだ。天明は秀蘭を悪女と呼び、忌み嫌っている。

では、秀蘭はどうか。

本当に彼女は、天明を傀儡の皇帝として、政治の道具にしているのだろうか。

蓮華は否だと思った。

「議事録の開示申請、通してくれてありがとうございます。おかげで、秀蘭様がどのようなお人柄か知ることができました」

政治の記録物である。そこには、提言や、秀蘭の発言なども細かく記されていた。

秀蘭の政治はよくも悪くも凡庸だと言われている。愚策はないが、画期的な良策もない。思い切った事業への踏み切りもしていない。だからと言って無能というわけでもない。政治が崩壊しないような舵取《かじと》りがいかにむずかしいか。

だが、あまり大きな政治をしない秀蘭が断固として反対した事業があった。

貧民街の区画整理だ。新しい皇帝の時代になり、都の再開発を行おうとしている。その際に、邪魔な区画——貧民街を排除しようという提案がなされた。秀蘭はそれを拒み、否定的な態度をとり続けている。

秀蘭の出自は貧民だ。それは権力者にとって、メリットのある情報だろうか……この凰朔国においては、残念ながら身分の低さは枷にしかならない。権力のために手段を選ばない女性であれば、真っ先に消したがるだろう。

貧民街を残すことは、秀蘭にとってのデメリットだ。

では、なぜ。

事業に金がかかりすぎるのか。そうではない。

きっと、あそこは彼女の家なのだ。だから、守ろうとしている。貧民街がなくなれば、多くの者が住む場所をなくして彷徨《さまよ》う。朱燐を拾ったのだってそうだ。噂どおりの冷徹な女性が、朱燐のような身分の娘を気にかけない。

天明や市井に出回っている「悪女」という評がまちがっているのだ。秀蘭はそのような女性ではない。彼女は故郷を守り、愛している。

「きっと、あなたを求める燕はおります……うちにも、一人」

朱燐は秀蘭のことを慕っている。秀蘭がどのようになろうと、たとえ、権力を失おうとも、彼女は秀蘭に仕えるだろう。どんなに落ちぶれても、帰ってくる者はいるのだ。秀蘭はそういう魅力のある優しい女性である。

そのような母親が、実の子を権力の道具にするだろうか？

これが次に生まれた疑問だった。

そもそも、蓮華には朱燐がスパイに向いているとは思えない。いくら彼女が秀蘭を慕っていても、向き不向きがあるのだ。明らかに手腕が素人であるし、秀蘭を庇うためとはいえあっさりと関係を認めてしまった。実直すぎるのである。そのような人間を選んだ理由はなんだ。

天明に、朱燐がスパイだと気づかせようとした。

それだけではない。

天明が秀蘭の優しさに気づかないはずがないではないか。だのに、彼は逆に「悪女」と誹《そし》っている。

逆も然《しか》り。天明の母親である秀蘭が、本気で息子を無能だと思い込んだまま騙されているだろうか。

すべて、故意だとすれば?

互いに互いを騙しているのではなく、騙されたふりを続けている。

秀蘭は天明が自分を弑そうとしているのに、気づいているふりをしている。そのうえで、自ら討たれようとしている。そして、天明も知っていながら母を討とうとしていた。

どういう理由があるかは、不透明だ。肝心の天明が黙っている。

蓮華には違和感があった。この親子には違和感しかない。だが、仮説が正しければ、一気に辻褄《つじつま》があう。

秀蘭は、わざと天明に斃されようとしている。

それは……蓮華の推測でしかないが、天明のためだ。

天明の女遊びの噂は帝位に就く前からあった。なんらかの事情があり、そのように振る舞っていたのだ。

そんな天明が実権を手にするには、理由が必要である。

秀蘭をよく思っていない貴族や官吏は多い。彼らと結託して、「悪女」を斃す。このようなシナリオを経て、天明に政をさせようとしている……これは蓮華の推測だ。

けれども、一連の秀蘭の反応を見て、確信した。

「ほんまに、それで上手くいくんでしょうかね」

蓮華の問いに、秀蘭は眉一つ動かさなかった。そう努めているのだとわかる。

「秀蘭様は、優しすぎるんですわ」

並の女性にできることではない。蓮華は自分のことをお節介だと自負している。だから、秀蘭についても調べたのだ。天明との関係をなんとか修復したいと、蓮華が勝手に思って。それは、天明、いや、この親子にとっては紛れもなくお節介だ。余計なお世話だろう。

けれども、放っておけなかった。

そして、知ったとき、なおさら「なんとかせな」と感じたのだ。

困っている人がいたら、助けろ。大阪マダムであったオカンの言いつけだ。同時に、信念を貫け。これも、大阪のオカンから学んだ。

「鴻徳妃も、皇太后様も……お二人ばかりで話さず、私どもも参加させてくださいな。宴席は楽しむものですわ」

これまで黙っていた遼淑妃が微笑んだ。おっとっと。他の妃にはわからない会話を続けすぎてしまった。それでも、空気が和らいだのを感じて遼淑妃も声をあげたのだろう。

色気のある装いに反して幼い顔の妃は、淑やかに笑う。夏雪が慌てたように「それ、い、今、わたくしも言おうと思ったのです!」と張りあっていた。

「せやけど、安心しましたわ」

秀蘭は答えない。食事の席である。これ以上の回答は、蓮華も期待していなかった。ここより踏みこんだ話は、今、この場ではできない。

「やっぱり、悪い人やないと思っておりました……よかったら、今度タコパしましょ。蛸はないけど、いろいろ工夫しますわ」

蓮華は笑い、腕まくりをしてみせた。すると、秀蘭はようやく表情を変える。今までとはちがう。とても穏やかな笑みであった。

「ある人からの手紙を読みました」

朱燐の報告書だろうか。秀蘭は周囲にはわからないように、内容を伏せているようだ。

「私も……久しぶりに、葱を育ててみています」

きっと、蓮華のぶつけた疑問に対する答えだと思った。そういえば、朱燐も蓮華の葱を見てなつかしがっていたのを思い出す。秀蘭も同じ気持ちだったのだろう。

というか、こっちでも青葱植えるんは、一般的なんか。下流層限定っぽいけど、上手くいけば節約術も、もっと普及させられるかな？

「じゃあ、その葱使《つこ》うて、葱焼きにでもしましょか」

今から、楽しみやな。

四

鴻徳妃はついに皇太后まで懐柔してしまった。

その報せは後宮ばかりではなく、皇城をも駆けめぐった。

もちろん、それは秀蘭の動向を観察していた天明の耳にも入る。

「せやねん。今度、葱焼きパーティーすることになったんですわ」

どういうことかと問い質《ただ》そうとする天明に、蓮華はこのようにあっけらかんと返答してきた。天明は急に頭が痛くなり、額に手を当てた。

「頭痛いん？　ほら、飴ちゃんでも食べ」

「要らん！」

この妃は……自分がなにをしてくれたのか、わかっているのか。天明は睨みつけるが、蓮華はとても気持ちよさそうな笑みで返すばかり。

どうせ、一人で「うち、ええことしたわ」とか思っているにちがいない。いかん、こいつの口調を理解してきてしまった……近ごろ、馴れ馴れしさに輪をかけているせいだ。訛りを隠す努力も、あまりしてくれない。皇帝が相手なのに。

「なんと！　あれから、後宮中でみんな葱育てるようになったんや。やっぱ、秀蘭様の影響力すごいんやなぁ。うちとちがって、鶴の一声って感じ？」

「嬉しそうにしてくれるな、貧乏性！」

「貧乏性なんて失礼なやっちゃなぁ。大阪マダムはドケチなんや！」

　後宮どころか、皇城の官吏たちまで真似をしているとは、伝えないでおいてやる。

　十中八九、火に油を注ぐ。

「お前は……すべて水の泡だ」

　こちらの受けた損失をわかっているのか。この女は、天明の計画を根本から台無しにしたのだ。秀蘭と蓮華が手をとるなど、あってはならない展開だった。

「それは、うちと秀蘭様を争わせたかったからですか？」

　いつも「飴ちゃん、いる？」と聞いてくるのと、同じ口調だった。天明を糾弾するわけでも、責めているわけでもない。普段と同じ、お節介そのものだ。

「それを旗揚げのきっかけにしたかったんでしょ？」

　読まれていた。

　否、この女なら、読めるだろう。

　蓮華の指摘どおりだった。この妃はわかっていて、回避しようと動いたのだ。その原動力も「自分が助かりたい」からではない。完全なる善意だ。

　天明は、皇帝の寵妃と皇太后の対立関係を作ろうとした。

後宮で勢力を伸ばす蓮華は、秀蘭にとっては脅威だ。必ず動く。

さらに天明は、朱燐という間者を使って秀蘭に情報を流した。

そこを狙い、蓮華を謀殺されたという理由で、天明が旗揚げするのは自然であった。

いくら貴族たちと結託していても、権力に背くには大義名分が必要だ。

鴻家なら、貴族ではなく未だ政への介入も少ない。蓮華は生贄《いけにえ》とするには、最適の人材だったのだ……度を越したお人好しとお節介さえなければ。

天明は見誤ったのだ。蓮華であれば、天明や秀蘭の真意に気づく可能性は考えた。

そのうえで、回避は困難だと踏んだ。

当の秀蘭自身が、天明の動きに気づき、討たれる覚悟だったからである。

だのに、蓮華は易々《やすやす》と……。

「今度、葱焼き会します。主上さんも、参加してください」

「それは……俺にあの女と話しあえとでも言っているのか?」

「そうです。お二人に必要なんは、話しあいなんちゃいますか?」

「和解しろと?」

「はい」

和解などと。

そのような時期は、とうに過ぎた。

「俺は、あの女を許さない」

断言してやった。

「あれの判断は国を滅ぼしたのだ。自業自得だ」

秀蘭はまちがっている。許されることではない。

「滅ぼした？」

蓮華は不思議そうに首を傾げた。

「凰朔国は滅んでおりません。それは……主上さんは、この国を守る気がないって意味ですか？」

「………………！」

胸に、刺さるようだった。

底なしに明るいはずの蓮華の言葉が、今は傷を抉《えぐ》っていくようだ。

「やってみんと、わからんやないですか」

「……お前に、なにが」

なにが、わかるというのだ。

天明は次の言葉を見失って、そのまま唇を閉じた。だからと言って、蓮華が黙るわけがない。まっすぐ、天明を見ている。

「人っちゅう字は、人と人とが支えあっているんです。ほら、こんな風に……まあ、昔のドラマの受け売りなんやけど」

天明の気など知らず、蓮華は両手を使ってわけのわからない説明をはじめた。

「人って案外強いもんや。割とどうとでもなったりします。でも……国はちがいます。トップがどうしようもないと、すぐ崩壊します。みんなが安心して暮らせるんは、上に人がおるからや。それでも、飢えていく人はたくさんおります。そんな人を少しでも減らすんが、国の役目やろ」

蓮華は知ったような口を利きながら、天明へ歩み寄る。その一歩一歩にあわせて、天明は後退していった。

「俺は……ふさわしいのは、俺ではなかった」

「ふさわしくないなら、なおさら、秀蘭様にまかせたままでよろしいんとちゃいますか？　その意思がないんなら、奪い取る必要ないでしょ？」

「それは――」

「皇帝なんは、嫌。秀蘭様も、嫌。主上さんは、誰ならいいんですか？　……最黎皇子なら、よかったんですか？」

その名を聞いて、天明は狼狽《うろた》えてしまった。内部から、なにかが崩れていく音がする。

「うちの陽珊は優秀なんですわ。先代の後宮から仕えている女官や宦官から、話を聞いてきまして。もちろん、全部噂みたいなもんやけど……ずいぶんと、仲のよいご兄弟やったらしいですね」

そんなことまで調べて……勝手に。

「主上さんは、最黎様が皇帝になりはったほうが、よろしかったんですか？」

首でも絞めれば、この口は閉じるだろうか。無礼を働いた妃を斬り捨てた皇帝など、過去何人もいる。

けれども、天明の手は動かなかった。指すら微動だにしない。なぜだか、蓮華には触れようと思えなかったのだ。

怖いのか？　こんな小娘が？

しかし、蓮華には若さ以上の凄《すご》みがある。老成とまではいかぬが、どこか達観していた。朗らかで明るくありながら、徒《ただ》ならぬ強かさ。

やはり、人選をまちがえた。

たしかに、条件は最良の妃だっただろう。だが、蓮華という妃の人格を見誤ったのだ。

……ここまで独りよがりの善意だけで動ける人間がいるとは、思わなかったのだ。

「人の過去を掘り起こすような真似を……」

「うちだって、嘘つかれてたんです。お互い様でしょ？　取り引き相手の素性は知っておく必要があります。信用問題ですからね」

天明には力がある。このような妃など、黙らせ、貶《おとし》めるのには充分な力だ。だが、行使するのを躊躇《ためら》う自分がいた。

完全に利害のみで判断ができない。

私情が入る。

やはり、天明に才能などない。

この地位にいる資格などない。

兄だったら——最黎ならば、迷わなかっただろうに。

「そうだ」

ついに天明は肯定の言葉を発してしまった。蓮華の追及を認める。拒絶したところで、この女は止まらない。勝手にお節介で突き進んでいくことだろう。であれば、同じだ。

「帝位に就くべきは、俺ではなかったのだ。俺は……最黎こそが皇帝だと思っていた」

だから、周囲を欺いていたのだ。

政から遠ざかり、享楽に耽《ふけ》るふりをした。女にうつつを抜かし、官吏を寄せつけない。能なし。腑抜け。無駄飯食らい。なんと言われようがかまわなかった。帝位争いの先頭に立たなければ、それでよかったのだ。

だのに――秀蘭は最黎を毒殺した。

「本当に秀蘭様がやったん？　なにかの勘違いやないの――」

「勘違いなどで、母を殺そうと思うか」

強い口調で言うと、蓮華は一瞬たじろぐ。けれども、やはり場をわきまえずに再び口を開く。

「なにか理由があったんでしょ？」

理由。

その理由が馬鹿馬鹿しいから、困るのだ。

最黎という皇子は非常に優秀であった。若くして武勇に優れ、数々の事業をまかされていた。

皇子は幼少期を後宮で過ごす。天明も最黎も母の殿舎で育てられた。

当時は今代の平和惚け後宮とはちがう。妃同士が争い、力をつけていた。出る杭《くい》は打たれ、毒殺や謀殺、追放など日常茶飯事だ。腹違いの兄弟は何人かいたはずなのに、成人したのはたった二人である。

そのような環境のせいもあってか、無能の天明と比較して、最黎を信奉する者は多かった。

最黎を皇帝に。と、誰もが望んだ。

しかし、それを厭《いと》う者がいた——前帝の典嶺である。典嶺は正妃である秀蘭をいたく気に入っていた。そのため、彼だけは周囲の反対を押し切って天明に帝位を与えようとしていたのだ。典嶺帝の治世は善政だったが、秀蘭に執心したことだけは汚点だと評される。

「前帝を謀殺したのは、最黎だった」

証拠など残していない。最黎はそのような失態はしない男だ。だが、天明には確信があった。彼はそうするだろう、と。

「まさかと思うけど、秀蘭様が最黎様に毒盛ったんは……」

「最黎が次に命を絶とうとしたのが、俺だからだろう」

口にしてしまうと、ひどく呆気なかった。淡泊で味気ない返答である。今まで、隠していたのが無意味だった気さえした。

秀蘭は天明を守るために、最黎を毒殺したのだ。

そして、その罪を被る形で、当時の宰相であった李紹興が自死した。それだけの真相である。

今回も、寵妃である蓮華が、天明にとって害であると秀蘭に見せつけることで計画が成立していた。そうすれば、秀蘭は天明を守るために必ず動く。それが罠《わな》だとわかっていても、だ。

妃の殿舎で食事など、普段の天明ならば絶対にしない。同時に、天明は軽度の症状で済む少量の毒を自ら飲み、体調不良を秀蘭に印象づけた。すべて、朱燐に報告させている——ここまですれば、秀蘭が蓮華を廃しようとするはずだ。

実際、秀蘭は天明の思惑どおり、蓮華へ接近した——当の蓮華本人によって、頓挫《とんざ》させられてしまったのだが。

「お前のせいで、台無しだ」

冷淡に言い放ちながらも、違和感があった。

お前のせい。そうだろうか。

途中で「この妃では駄目かもしれない」とわかっていながら、蓮華という駒を切り捨てなかった自分の采配が悪かっただけではないのか。失態を演じたのは、自分だった——そんな気持ちに苛《さいな》まれる。だが、それを悟られてはならない。天明は、ただただ表情を殺して蓮華を睨んだ。

「なんで」

しかしながら、蓮華の関心は別にあるようだった。切れ長の両目に涙がたまっている。このような表情は、珍しい。

「なんで……そんな身内同士で怖いことできるん?」

本当に、この妃は……人が好すぎる。

心の底から嘘のない言葉を吐いているのだ。それが見てとれて、天明はつい返答できなかった。

誰が好き好んでやるものか。

口には、しなかった。

「どうして、主上さんは最黎様を許してはるん？　だって、主上さんのこと、殺そうと考えてたんやろ……？」

そうだ。最黎は天明を殺そうとした。

彼にとって、天明が必要なかったから。最黎はいつだってそうだ。常に最善の選択をする。そこに、情など一切はさまない——天明とはちがう。

いざというときに、天明では決断できない。

だが、最黎はできる。

圧倒的なちがいを初めて目の当たりにしたのは、天明が齢十《よわい》を数えるときだった。

天明の母は秀蘭だ。当時、正妃であったが出自が卑しいと、妃だけではなく、女官や下女にまで陰で誹られていた。母の立場を悟らない天明ではなかったし、もちろん、秀蘭も知っていただろう。

そのころは、勤勉に書を読み、男児らしく身体を鍛える、いわゆる「皇子らしい」振る舞いをしていた。模範的に生き、出自など関係ないと証明しよう。

なにをやっても、つまらない。褒められる言葉がなにもかも上辺だけであると察していたからだ。ずいぶんと卑屈な少年期を過ごしていた。

一方、最黎という兄は人当たりもよく、誰にでも愛想がよかった。天明よりも五つ上。素直で、まっすぐ物事に取り組む明るい気性である。皇子は幼少期を後宮で過ごすため、たびたび顔をあわせた。

なにかと比べられるのも、必然だ。

次代の皇帝は、長子の最黎か。

正妃の子、天明か。

他の皇子や公主が夭逝した後宮では注目の的だった。天明とて馬鹿ではない。踊らされず、極力、最黎とは関わらないよう努めた。

しかし、宴席や祭事では顔をあわせる。

事が起きたのは、花見の宴席であった。後宮の庭に咲いた花を肴《さかな》に語らうという、表面上は和やかだが、水面下では腹の内を探りあう。そういう催しだ。

妃や皇子たちの食事は、必ず毒味される。宴席であれば、尚《なお》のことだ。出入りが多い分、注意が払われた。

そのとき、天明は違和感に気づいた。

天明の料理を毒味していたのは、よく見知った侍女である。いつも世話を焼いてくれる優しい娘だ。彼女は秀蘭を慕っており、他の者とは接し方がちがった。

気のせいだろうか。

信じたくはなかった。

毒味の侍女は、料理を箸でつまんだふりをしたのだ。一瞬の動作だったので、誰も気がついていない。他の毒味も同時に行われているせいか、注意も分散している。けれども、たしかに彼女は料理を一品、「食べたふり」をしていた。

運ばれてきた料理を見て、天明は気がつく。

後宮では毒殺が横行していた。そのため、食器はすべて毒物を見分けやすい銀が使用されている。

侍女が食べなかった料理の皿が、薄らと変色していた。

彼女が毒を盛った犯人、もしくは、それを敢《あ》えて見逃した協力者。頭に過るのは容易だった。十の少年でも考え至る。

しかし、天明には声をあげることができなかったのだ。

ここで告発すれば、あの侍女はどうなるだろう。なにか理由があるのかもしれない。なんとか説得できないだろうか……そう考えてしまったのだ。

毒の入った料理は避けて食べればいい。あとで事情を聞き、そこで判断しよう。

それに、ここで事を荒立てれば侍女に指示を出した主犯を逃す可能性が高い。主犯がわからなければ、また狙われる。芋づる式に炙《あぶ》り出したほうが効率がいいのだ。蜥蜴《とかげ》の尻尾切りをさせてはならない。

情をかけているだろうか。だが、天明はこの判断をまちがいだとは思わなかった。それは、後宮で生き延びるための知恵だ。

——待て。

料理に手をつけようとした天明を制止したのは、宴席に同席していた最黎だった。

彼は自分の料理には目もくれず、まっすぐに天明のほうへと歩み寄る。突然のことで、周囲は驚くが、誰も止められない。

最黎は毒に気づいている。直感だ。

身の危険のようなものも覚えた。そして、最黎は天明が危惧したとおり、毒によって曇った銀の器を持ちあげてしまう。

とっさに最黎の手を払おうとするが、年齢にすると五つの差がある。天明の制止など、最黎にはきかなかった。

——毒味を、ここに。

最黎は毒味した侍女を呼びつける。宴席の場だ。逃げも隠れもできず、侍女は兵部の宦官によって前に突き出された。

——もう一度、毒味を。

そう言いながら、器を突き出す最黎は、みなの知る彼とはちがった。

あるいは、天明が勘違いしていただけなのかもしれない。いつも明るく振る舞っていた最黎の朗らかさはどこにもない。

ただ冷淡で酷薄な、なんの感情もない目が光っていた。

最黎は侍女に再度の毒味を迫る。だが、侍女は唇を固く引き結んだまま、なにも言わない。ただ目をそらしているだけだ。天明のほうを向きもしない。

心が軋《きし》む音がした。怪我をしていないのに、出血して涙が出そうだ。どうして、このような気分になるのだろう。

やがて、最黎は料理の器を近くの池に投げ入れる。すると、池の魚が浮かびあがってきた。

侍女は逃げようと、四肢に力を込めるが、女の腕力で振り切るなど不可能だ。これから連行され、首謀者を吐かせるために拷問を受けるだろう。

しかし、その後の最黎の指示に天明は目を見張る。

——頸《くび》を斬れ。

そう命令したのは、いつもの穏やかな最黎の顔だった。こんな言葉を、この笑みで発しているとは思えない。だが、事実だった。だからこそ、背筋が凍る。それは周囲も一緒であった。

数日後、一人の妃が毒殺未遂の主犯とされた。その妃は、処罰の前に池に身を投げ、自死したという。

天明は後日、最黎を訪ねる。

表向きには、「自分を毒殺から救ってくれた礼」であった。最黎は腹違いの弟の命を救った人格者だ。天明の申し入れを、止める者はいなかった。天明は誰にも聞かれぬよう、二人きりでの対話を求めた。

望みどおり、最黎との二人きりでの対話がかなう。通された客間で、天明はまず命を救ってもらったことについて礼を述べた。

けれども、天明が最黎に会いたかった理由はほかにある。そのために、二人きりでという条件をつけた。

——どうしても、違和感があります。

幼いながらに、天明は考えていた。もちろん、子供の浅はかさは認めよう。だが、納得がいかなかったのだ。

天明が侍女に恩情をかけようとした非は認める。首謀者の炙り出しなどと言いながら、あの侍女の言い分を聞こうとしたのは事実だ。そのような必要などなかったかもしれない。

しかし、あの時点では彼女に聴取する必要があったのはまちがいないのだ。たとえ、口を割らなかったとしても、尋問にかけるべきだった。それで吐かなければ、拷問だ。すぐに頸を斬るよう指示した最黎の判断は、最適ではない。

口を封じたかったのではないか。

そして、同時に……周囲に「最黎が天明の命を救った」という事実を印象づけたかった。なんのために？

——此度《こたび》の首謀者……おそれながら、齊貴妃なのではないでしょうか。

齊貴妃は当時の正一品。貴妃の位にあった妃嬪——最黎の母親だった。

最黎は齊貴妃の計画を知っていたのではないか。そのうえで、天明が毒に気づいたことを察したのだ。

このまま首謀者を辿られれば、いずれは自分の母に行きつく。それならば、いっそ——。

最黎は判断を瞬時に下した。

天明の命を救うふりをして、一番利になる手段を選んだのだ。

こうすれば、首謀者が割れたとしても、自分だけは免れる理由になる。なにしろ、実際に最黎は天明を救っているのだから。その場合は、母である齊貴妃を切り捨てればいい。

気づいたときに、天明は恐ろしくなった。

天明にはできない。

同じ立場だった場合、天明は別の行動をとるだろう。最黎のような万全な選択ができる自信はない。

天明なら、ある程度の身を切る覚悟で、全体の犠牲が少ない方法を考えてしまう。

だが、それでは駄目なのだ。国において、皇帝は倒れてはならない。見捨てるものと、救うものの区別をつけなくては。常になにかを天秤にかけ、素早く判断をする。

そうでなければ、共倒れだ。

最黎にはそれができる。私情を捨てて、最善を選ぶ力があるのだ。

天明にはない。それが二人の明確なちがいだった。

自分が皇帝の器などと、おこがましい。天明は最黎こそが天に認められるべきだと思った。国を守り、民を導く能力があるのは最黎だ。


——君は賢いな。


最黎が天明に返したのは、この言葉だけだった。そして、目の前に対峙《たいじ》する天明に飴を渡す。

子供だと思われているのだろうか。そうではないと思う。

天明は皇子だ。口に入れるものは、すべて毒味を通す。

天明は、あの宴席で毒味に裏切られて以来、あまり食物が喉を通らなかった。毒味も厨師も、信用ができない。食べるたびに、頸を落とされた侍女の顔が頭に浮かぶ。味も感じられず、砂を嚙むような気分だった。

だが、このときは……天明は自らの意思で、最黎からもらった飴を口に入れた。味がする。煮詰めた砂糖の甘さだ。

最黎の言葉は肯定でも否定でもない。だが、天明には「肯定」だと感じられた。そして、毒の入っていない飴を渡されたのだ。真実に辿りついても、天明は存在することを許された。

この飴は、最黎が天明の存在を許した証。

不思議とその飴を口にしたあとから、食べ物が喉を通るようになった。しかし、念を入れて、信用できる者を専属の厨師に任命する。毒味も颯馬が行うようになった。

この一件から、天明は最黎を慕い、たびたび訪れるようになる。最黎も天明に興味を持ち、そばに置いた。

会うたびに、最黎は天明に飴を渡す。天明はこのときだけ、毒味を通さずに飴を口にした。

そのころから、人前で書を読むのをやめる。政に興味を示さず、ただ自堕落に生きているよう振る舞った。少し歳をとってからは、気に入った宮女に適当な手間料を払い、ともに夜を過ごすふりをさせるようになる。

天明は最黎に惹かれていたのだ。どうしようもない光を見ているような——それは、まるで信仰だった。

馬鹿馬鹿しいと思われるかもしれないが、本当に最黎は天に選ばれた帝だと信じていたのだ。

だから、その最黎が天明を「不要」だと思えば切り捨てられても構わなかった。そう彼が判断したのだから。

それを……秀蘭の私情で邪魔をされたのだ。

「やから、秀蘭様を恨んではるんですか？」

ここまで説明した天明に、蓮華が問いを投げかけた。天明は「そうだ」と返そうとする。だが、すぐに言葉が出てこない。

そのような天明の反応を理解しているのか。それとも、いつもの自分勝手なお節介か。

「うちは、最黎様がどんな人か知りません。でも、秀蘭様や主上さんのことは、知ってきたつもりです。本当やったら、別の人が皇帝にふさわしかったんかもしれません……でもな。今、ここにおんのは、あんたなんやで？」

責めるような口調だった。

「誰がいい、悪いなんて関係あらへん。今、国にはあんたしかおらんのや」

なにも考えられなかった。

秀蘭が憎かった。国から——天明から最黎を奪った秀蘭を許せなかった。実の母を天明は殺したかった。

けれども、そのあと。

秀蘭を斃した、そのあと——。

そのあとのことを、天明は考えただろうか。

考えていないわけがない。実権をにぎれば最善を尽くすつもりだった。母と共倒れとなる覚悟もある。浅はかな利害関係で結ばれた官吏たちから掌返しをされる可能性も考慮した。

考えていないわけがない。だが、どこかで……最黎よりも、上手くやれるはずはないと思っている。最悪、国が崩壊しても、それは自分には才がないのだから仕方がない。悪いのは最黎を殺した秀蘭だ。そのように思っていることに気がついた。

逃げるわけではない。されど、逃げ道を用意している。

蓮華に返す言葉が見つからなかった。

「葱焼き会、来てや」

黙り込んでしまった天明の手を、蓮華がつかむ。両手で包み込む心地が温かく……掌になにかをにぎらされる。開くと、いつものように懐紙に包まれた飴があった。見おろして、天明は最黎を思い出す。最黎はいつも天明に飴をくれた。果実の味などしない、砂糖の飴だ。だが、それがたまらなく嬉しかったのも覚えている。天明の存在が許されている証明だった。

「……わかった」

飴を受け取り、そう答えた。

延長戦　大阪マダム、今日も元気!

一

葱焼きは確定として、他はなにがええやろ。お好み焼きやと、準備が楽でええけどなぁ。ちょっと新しいもんも試してみたいわ……。せや。西域から、パンが入ってたな。アレ使お!

「蓮華様、本当に皇太后様と主上がいらっしゃるのに……いえ、もういいです。わかっております。準備いたします」

「ありがとさん!」

「お言葉!」

「はいはい!」

後宮に来てから、陽珊はずいぶんとものわかりがよくなった。蓮華の思いつきに苦笑いするが、素直に従ってくれる。慣例だとか、礼儀だとか、小うるさいが、一人で先走ってしまう蓮華を冷静にしてくれる役割も果たしてくれた。

秀蘭を交えた葱焼きパーティーは芙蓉殿で行う。もちろん、天明も来る予定だ。三日後の正午と時間も決めてある。

やるからには、しっかりやらな。

秀蘭の本性も、天明の目的も知った。二人の間になにがあったのかも。そして、想《おも》いのすれちがいも。

前世の世界は、本当に恵まれていたのだと思う。

身分などという制度はないし、子供は等しく教育を受けられる。食うに困る人間は、この世界ほど多くない。人死にが当たり前ではなかった。家族で殺しあうのは異常だと思える。少なくとも日本では、いや、蓮華の周りではなかった話だ。

朱燐のような娘も、天明と秀蘭のような家族も……転生して初めて見た。

しかし、あくまでも蓮華が知る世界である。向こうの世界にもたくさんある話だったかもしれない。悲しいニュースも覚えている。蓮華個人の視野は狭く、知らないことのほうが多い。

しかし、それはそれだ。

蓮華は自分の尺度で考え、行動するしかない。たとえ、それがこの世界の基準ではなくても、だ。

まちがっていると感じるなら、行動すべきである。放っておけないから。無理でも無謀でも、やってみんとわからへん。最初からあきらめてたら、試合終了や。

最初は馬があわなかった夏雪とも仲よくなった。後宮に粉もん流行らせたし、野球だって、みんな上手くなりつつある。上級妃も、侍女や下働きも、同じチームでプレイしていた。

慣例と身分、しがらみでガチガチに固まった後宮の風通しがよくなっている。変わらないと思っていたものが変わっていた。その結果が「平和惚け後宮」などという呼ばれようなのだが、平和が一番。

蓮華に徳妃の位が偶然転がり込んできたからできた。それはあるかもしれない。そもそも、鴻家に生まれたのも運だ。くじの結果がよかった。

けれども、たとえちがっていても……蓮華はやはり同じ生き方をしたはずだ。時間はかかるだろうが、終着点は似たようなものだと思う。

まあ、運のよさは……きっと、カーネル・サンダースの恩返しや。そうしとこ。颯馬が案外似とるんは、びっくりしたけど! 髭《ひげ》生やしてくれへんかな?

「蓮華様、本当にこれでよろしいのでしょうか?」

蓮華の指示どおりのものを陽珊はきっちり用意してくれた。仕事が正確で、ほんま優秀。侍女というか、秘書やわ。

「完璧や！　陽珊、ほんま大好き」

蓮華はそう言いながら、ついつい陽珊の頭をなでてしまう。

しっかりしているので忘れがちだが、陽珊だって蓮華と同年代なのだ。別にいいだろう……蓮華のほうは、前世の年齢プラス、今の年齢という気分なので、すっかりオバチャン……いや、マダム気分になっているのだが。オバチャン上等！

ゆーて、大阪のオカンも「オバハン」言われるの嫌がって、大阪マダムとか自称してたし、道ばたで「お姉さん」呼ばれたらニッコニコでふり返ってたしな。

「さあて、本番前に試作しよか」

蓮華は腕まくりをして、目の前に置かれた鍋を見おろした。

二

葱焼きはお好み焼きの派生である。

キャベツの代わりに、ぎょうさん葱を使って焼くのだ。さすがに、育てている葱では足りないので追加発注した。刻んだ葱を山のように鉄板にのせ、生地と一緒に引っくり返す。キャベツよりも、バラけやすいのでコツがいるんやけどな、っと。

「上手いことといった！」

綺麗に返せた葱焼きに、蓮華はガッツポーズする。機嫌もええから、コテをくるくると、いつもより多く回しております。

場所は芙蓉殿の東屋《あずまや》だ。大きな池が小島を囲んだ作りになっている。水面から顔を見せる蓮の花が美しく、芙蓉殿の名にふさわしい。東屋へ渡るための石の橋は白く、日光を反射してキラキラ輝いていた。

ただいま、葱焼きの予行演習中である。せっかく、秀蘭と天明の「仲直り」をセッティングしたのだ。できる限りの品を提供したい。二人が芙蓉殿へ来るまで、あと少し。

「火加減も良好良好。絶好調！」

これに加えて、今回は初挑戦のとっておきもある。気まずい雰囲気は不可避だが、せめて美味しいもので場を和ませたい。というより、これから重い空気になると思うと胃が痛くて、葱焼きでもひっくり返さな落ち着かんわ。

蓮華は焼きたての葱焼きにソースを塗り、青のりと鰹節をまぶす。断面も美味しそう。ほな、いただきまーす。

ふっくらしっとりした生地と、熱した葱の甘みが最高だ。ソースは出汁醤油でサッパリにしたため、余計に際立つ。我ながら、これはイケる……と、食べたあとに気づいた。これからお客が来るっちゅーのに、歯に青のりついてまう！

でも、美味しく作れてよかったわ。

主上さんは……食べてくれるやろか。

幼いころ、毒味に裏切られたことで、特定の厨師が作った料理以外は食べなくなってしまった。蓮華の料理を食べていたのは、秀蘭を欺くためだ。

お好み焼きも、たこ焼きも、飴も……天明が口にしたのは、策に必要だったから。

すべては秀蘭打倒に向けた布石だった。

もう、天明は蓮華の料理を食べないかもしれない。

今日の葱焼きも……。

黙々とお好み焼きを平らげる姿が思い出される。

あれは、すべて嘘だった？　本当に？

美味しいとは一度も言われたことがない。だが、わかるのだ。天明は決して嫌々食べているわけではなかった。

「大丈夫や」

大丈夫。蓮華の勘は当たるのだ。

大阪の店にもいた。決して美味いと言わないが、毎週食べに来るオッチャンとか。

文句も言わずにせっせと食べて、無愛想にお会計して帰るタイプ。

だから、生地は天明の分も用意しておこう。いつも二枚食べるから、多めに。

「蓮華ー!」

　心の中で決意表明していると、石橋の向こうから声が聞こえる。視線を向けると、夏雪が手をふっていた。隣には、逯淑妃の姿もある。

　陽珊が二人のあとを追いながら「ああ、困ります。蓮華様、蓮華様!」と嘆いていた。慣例では客人は客間に通し、侍女が主を呼びにいく。大方、夏雪が「蓮華は気にしないから大丈夫です」と、押し切ってしまったのだろう。近ごろ、夏雪は蓮華の模倣ばかりする。

「間に合ってよかったのだわ。秀蘭様と会食と聞いて、わたくし不安になってしまって……」

　夏雪はいじらしく視線をそらしながら、うしろになにかを隠した。

「陳賢妃。早くお渡しになったら? 時間がありませんよ」

　隣の逯淑妃に笑われて、夏雪は顔を真っ赤にする。

「い、今、渡します! はい、蓮華! これを、わたくしだと思って使ってくださらない?」

　不器用な手つきで渡されたものは、孔雀柄の立派な包袱《ふろしき》に包まれていた。出てきたのは、青々とした葱であった。

「わたくしが育てた葱です。同席はできませんから、せめて……」

夏雪は恥ずかしそうにうつむき、言葉をすぼめていく。

蓮華のことを卑しいだのなんだのと誹っていたが……なんや、結局、青葱育ててたんかーい。ツンデレやなぁ。照れてる顔が可愛いお姫様や。

「ありがとさん、夏雪。しっかり使わせてもらうで。夏雪の葱なら、きっと秀蘭様も気に入るはずや」

あえて、こっそりと葱を育てていたことには触れず、蓮華は笑って受けとった。すると、夏雪は嬉しそうに顔をパァッと明るくする。

「当たり前よ！　わたくしがお水をあげて育てたのだから、美味しくないはずがないのです。ありがたく使うのですよ！」

こんなに堂々と胸を張りながら、育てた葱を自慢する大貴族がいるだろうか。いや、いない。そういうところも、微笑ましかった。

「鴻徳妃。こちらは、私からです」

遼淑妃も、蓮華に木箱を差し出した。夏雪ほどの頻度ではないが、彼女も芙蓉殿を訪れている。秀蘭との会食を気にかけてくれたのだろう。

「わあ……これ、もろてええの？」

「ええ。会食で使用なさって」

木箱に入っていたのは、立派な三個のコップであった。鮮やかな三色のガラス製で、手に持って太陽に透かすと、キラキラと輝く。驚くべきは、銀でガラスに緻密な模様が描かれていることだ。

色は濃紺、深紅、桃色である。

「主上には天の蒼《あお》。秀蘭様には華やかな紅を。そして、鴻徳妃は蓮の色。それぞれを思い浮かべて盃を選びました。ご覧になって。とても薄い硝子でしょう？　西域から渡ってきた品なのですって。毒を入れると、割れてしまうそうですよ」

「へー？」

蓮華はコップをまじまじと見つめた。たしかに、薄いガラスだ。日本では珍しくなかったが、こちらの世界でこんなにも精巧なガラスを見るのは初めてだった。これは天明や秀蘭も喜びそうだ。

「夏雪、遼淑妃、ほんまおおきに」

「大したことないわ。がんばるのですよ！　あ……先に芙蓉殿へ行きましょうと提案したのは、遼淑妃ですからね！　わたくしは、遼淑妃についてきただけなのですから」

礼を述べると、夏雪はそわそわとしながら声援を送ってくれた。

「では、成功を祈ります」

遼淑妃も、妙な色気のある幼顔で微笑んで、蓮華に背を向けた。早く帰らないと、もう秀蘭と天明が来る頃合いである。招待客以外は、二人が現れる前に退散すべきだ。

本当は夏雪や遼淑妃も一緒にいてほしかった。だが、今回は事情が複雑である。あまり多くの人間に聞かせられる話ではない。

二人が去ったあと、蓮華は厨房で刻むよう、陽珊に葱を渡した。夏雪が育てた葱だ。絶対に美味しくしよう。

蓮華は気合いを入れて、袖をまくった。

❀　❀　❀

芙蓉殿へ行くべきではない。

天明は天龍殿の部屋から動かぬつもりであった。蓮華の前では「わかった」と了承したが、約束を守る義理はない。

秀蘭との会食など、御免である。

あれがしたことは、最黎の命を奪っただけではない。国の未来を変えたのだ。許せるものでは……。

──誰がいい、悪いなんて関係あらへん。今、国にはあんたしかおらんのや。

蓮華の声は駄目だ。妙な訛りのせいか、耳に残りやすい。約束をしてから数日、ずっと頭に響き続けていた。芙蓉殿には行っていないのに、目の前にいるかのような錯覚に陥る。

「主上」

部屋の外から呼びかけられた。刻限となったので、颯馬が呼びに来たのだ。

「行かぬ」

天明は扉も開けず、短く返答した。

「…………」

颯馬は扉の向こうでひかえたまま、言葉を発しない。だが、去ることはなかった。天明が動くのを、ずっと待っているようだった。

「主上」

颯馬にしては粘る。彼は天明に逆らわない。だのに、蓮華と触れあうようになって変わった。颯馬の顔を見ればわかる。そして、天明に意見するようになっていた。

すべての元凶は蓮華だ。

「お許しください、主上。私は……芙蓉殿へ向かうべきと存じます」

許可していないにもかかわらず、颯馬は勝手に述べた。天明は眉を寄せ、口を曲げる。

黙らせる手段はいくらでもあった。主の意に背いたとして、頸を刎ねよと命じることすら可能だ。それだけの権力を、天明は持っている。理解していない颯馬ではなかろう。彼は命がけなのだ。

「鴻徳妃は、主上に必要な御方です」

扉に背を向けると、今度は机が目に入った。

蓮華からもらった飴が、いくらか残っている。

天明に飴を渡したのは、最黎と、そして蓮華だけだった。

飴を見ると思い出すのだ。最黎から認められ、許された日を。だから、魔が差したのだ。蓮華から飴を初めてもらった日、なにも考えず口に入れてしまった。

食事は秀蘭に毒殺を疑わせるための布石だ。しかし、天明がそれを思いついたのは、蓮華の飴を食べてしまったあとだった。

記憶——情に流された結果だ。

「主上は否定されると思います。しかしながら、私は……いつの日か、主上が凰朔を治める未来を夢見てお仕えして参りました」

颯馬が自分の意思で、こんなに話すのは初めてだ。天明には意外だった。

「不思議なのです。私は鴻徳妃を見ると、なぜか安心する……まるで、守られているような心地になるのです。きっと、鴻徳妃は主上を支えてくださいます」

「……………」

聞きたくなどない。

だが、天明は颯馬に「黙れ」と命じることができなかった。

❀　❀　❀

まず最初に芙蓉殿を訪れたのは、秀蘭であった。

「ようこそ、いらっしゃいませ。秀蘭様」

蓮華はできるだけ行儀よくあいさつする。秀蘭はにこりともせず、当然のように
「本日は主催をありがとうございます、鴻徳妃」と返した。

曲宴で誤解は解けたが、フレンドリーとまではいかないようだ。

「ところで、鴻徳妃」

「はい」

秀蘭がキリッとした表情のまま蓮華に問う。

「朱燐の報告書を読みました。あの洗髪方法はなかなかよかったです。ありがとうご

ざいます」

「はい？」

なにを言われたのか、一瞬、わからなかった。どうやら、以前、朱燐に教えた粉洗髪が伝わっていたらしい。理解して、蓮華はにっこりと笑う。

「あんなんでよろしければ、いくらでも教えますわ。大阪マダムの秘術です」

「凰朔真駄武《まだむ》？」

大阪と凰朔の聞きまちがえは、どうやら防げないようだ。蓮華は特に指摘せず、秀蘭を会場の東屋まで案内した。

陽射しは強いが、東屋の屋根がちょうどいい日除《ひよ》けになっている。池の蓮も生き生きと輝いているようだ。そう、うちみたいに！　なんつって。

給仕は朱燐にまかせた。

朱燐は久しぶりに見る秀蘭の顔に安心している。だが、秀蘭の表情は硬いままだ。朱燐にスパイの真似をさせてしまったからだろう。一歩まちがえれば、命だって危うい役目だ。秀蘭は朱燐を抜擢《ばってき》したことに負い目を感じているのかもしれない。

二人はなにも会話しないままだった。しかし、仕草の一つひとつから、秀蘭は朱燐に気をつかっており、逆に朱燐は秀蘭を慕っている。そのような関係性が見てとれた。

「秀蘭様。朱燐は本当に、よく働いてくれています。とても助かりますわ……それと同じくらい、朱燐は秀蘭様をお慕いしとります。どうか、褒めたってください」

助け船、というつもりではない。ただ無意識のうちに口が動いていた。オートお節介発動や。見てるとむずむずしてきたんや。堪忍な。

朱燐は頬を赤らめて、秀蘭に向けて一礼した。蓮華の褒め方が恥ずかしかったのかもしれない。

「そうですか」

秀蘭は蓮華の言葉に軽くうなずいた。

「ご苦労様です、朱燐。いい主を得ましたね」

朱燐の肩が震えた。ああ、そうやないって！

「朱燐は……私は……秀蘭様に命を拾っていただきました。どのように使われても、かまいません。ずっと……私の主は、秀蘭様でございます」

蓮華が口出しする前に、朱燐は自分の力で声をしぼり出した。秀蘭は意外そうに瞬きながら、朱燐を見つめている。

「しかし、今は鴻徳妃より仰せつかった外野手という役割がございます。秀蘭様のためにも、鴻徳妃のためにも、お役目を全うしとうございます」

朱燐の主はあくまでも秀蘭だ。いつだって帰る用意はある。だが、今の就職先でも幸せにしているから安心してほしい。そういうメッセージだと、蓮華は解釈した。秀蘭にも同じように伝わっているようだ。ようやく、女帝と呼ばれる皇太后様の表情がやわらかくなる。

朱燐は足が速い。鍛えれば、盗塁王まちがいなしだった。彼女なら赤い彗星《すいせい》にだってなれると、蓮華は期待している。問題は、後宮にバースみたいな主砲がおらんことや。やっぱ、みんな大人しい娘さんやからな。これから、育てていくしかない。

「………………」

それにしても、遅い。

天明は本当に来るだろうか。

親子で殺しあっていいわけがないのだ。きちんと話せば、わかりあえる。もちろん、天明の過去を聞いたって、蓮華には、彼の気持ちに共感できない。兄を信じる心も、母親を憎む心も、理解しがたかった。蓮華には縁のない感情で、天明という人間を真に知るのは無理だ。

それでも、天明は来ると言った。

蓮華に嘘をついて駒にしようとしていた男だ。けれども、決して嘘ばかりではないはずである。

信じるしかない。よし、空気変えよ！

「まあ、すぐに来るでしょ……そうそう。今日は、葱焼きのほかに、とっておきもあるんですわ」

じゃじゃーん、と胸を張って、蓮華は鉄板の横にスタンバイした鍋を示す。多めの油で満たされており、脇には具材もそろっていた。

長い串に刺さっているのは、豚肉や野菜だ。食材には、満遍なくパン粉をまぶしてある。

西域から入ってきたパンで作ったのだ。パンと言っても、凰朔に入ってくるパンは硬い。食パンなどという上等な代物ではなかった。バターがほとんど入っていないのだ。普通に食べるには、工夫が必要だが、パン粉にするなら好都合。そのまま、すりおろして軽く乾燥させたら、できあがりや。

これを、油でカラッと揚げれば……大阪名物串揚げの完成。もちろん、タレの二度づけは厳禁やで。

秀蘭も朱燐も、興味深そうに串揚げセットを観察している。蓮華は鼻高々という気持ちで胸を張った。

「蓮華様」

この頃合いで、殿舎のほうから、陽珊が現れた。

来た。

用件を告げられる前に察して、蓮華は立ちあがる。

「連れてきたって」

「かしこまりました」

蓮華の返答に、陽珊は恭しく頭をさげた。


予想はしていたが、場の空気はお世辞にも軽いとは言えなかった。

東屋に用意した席は三つ。秀蘭と、蓮華、そして天明。

天明は遅れたものの、きちんと現れた。

「此度は私的な会食への招き、感謝する」

形ばかりの謝辞を述べているが、天明の顔には表情がなかった。うしろに立っている颯馬のほうが、よっぽど表情豊かに見える。オカンと口利かん思春期男子かーい。

「気遣わんと、金使《つこ》うてや」

蓮華は冷めた目で、ぴしゃりと言い放った。無論、食事会の料金はとらないため、冗談である。おつり百万円と似たようなノリだ。

しかし、天明は唇を固く引き結んだまま、腕組みをしている。なんや、うちが滑ったみたいで気持ちようないから、愛想笑いくらいしぃや。大阪人が死よりも恐れるんはな、「おもろない」やから！　その辺だけは繊細なんや！　他が図太いんは否定せんけど。

「ま、パーティーはじめましょか。今、焼きますんで」

おもろないなんて、きっと被害妄想や。気を取りなおして、蓮華は手を叩いた。葱焼きは自信作である。串揚げだって用意した。蓮華は襦の袖をまくりあげて、せっせと葱焼き作りに取りかかる。

「…………」

「…………」

「…………」

「…………」

「せやから、おもんなさそうな空気やめぇぇえい！」

蓮華が葱焼きの生地を鉄板に垂らす瞬間も。大量の葱をのせる瞬間も。それを華麗にひっくり返す瞬間も。そしてそして、シャレオツな銀の器に盛るときも。なにをしても無反応。おまけに、案の定、天明は葱焼きに手をつけない。

お通夜の仕出しを黙々と食べるみたいな空気やめんか！　蓮華はついつい、耐えられなくなってツッコミを入れてしまった。ハッ。しまった。と、思ったときには遅い。

存外、大声が出ていた。

「お前は……」

けれども、ようやく。

黙っていた天明が声を漏らした。いつものような呆れた口調である。頭が痛そうに、眉間を押さえた。

しかし、すぐに我に返ったのか表情を改めようとする。彼も蓮華と同じく、「いつもの癖でついつい」返してしまったようだ。

「なるほど」

この空気の中で、笑ったのは秀蘭であった。年齢を感じさせない美貌に、優美な笑みを浮かべる。これが前帝の心を射止め、執心させたシンデレラ。見ているこっちまで、ボケーっとしてしまった。それくらい魅力的だ。

「天明に気に入られているのは、本当のようですね」

え？

は？

蓮華と天明の反応は、このような感じであった。秀蘭に対して、「え、今なんて？」と聞き返してしまう。

「お気に入り、なのでしょう？」

いやいやいやいやいや、そういう意味やない。天明と蓮華は契約関係だ。別に、本当の寵妃ではない。その冗談は、おもろない。おもろないって！

「この女とは、ただの契約関係だ。誰が好き好んで……」

「せやで。うちの好みは、バースみたいに、ここ一番で頼りになる漢です。これは、ちょっと細すぎますわ!」

「あれだけ人の腹筋を触っておいて……」

「それはそれ。これはこれですわ」

問題を同列に語られても困るっちゅうねん。

だが、そんな二人のやりとりを見て、秀蘭はますます楽しそうに笑っていた。馬鹿にしているわけではない。これは嬉しいのだと伝わってくる。こちらとしては、どういうことなのかわからない。

「このように、ひねくれた天明を見るのが久しぶりなのです」

秀蘭は優しい笑みだ。これが母親なんやなって、実感できるような……一瞬、大阪のオカンを思い出してしまった。こんなに美人ではないはずなのに、不思議と。

「昔みたい」

天明は最黎に魅入られてから、自分を偽っていた。無能なふりをして、母親に対してすら上辺だけの笑みでやり過ごしていたのだ。

そのような天明の姿を長く見ていた秀蘭には、なつかしい光景だった。秀蘭は見抜いていたのである。天明があるときを境に、別の自分を演じているという事実を。

やはり、秀蘭は母親だ。天明の真意も、策も、すべてわかっていた。そのうえで、自分は彼に斃されようとしたのである。歪んだ愛情かもしれない。屈折している。だが、深いことには変わりなかった。

秀蘭の言葉を受けて、天明は黙りこくってしまう。腕を組んだまままむずかしい表情だ。

「それでも、俺は……許す気などない」

ようやく出てきたのは、まさに意固地。うーん、頑固。

「あんなぁ――」

「個人の感情で、国を滅ぼす愚を犯したのだ。許さぬのは、俺だけではないぞ」

言い方が大げさすぎる。だが、これが天明の正直な気持ちでもあるのだろう。

「…………」

だが、それ以上、話は進展しそうになかった。天明は黙り、なにも語らない。せやから、こんなお通夜ムードやめい！

「そや。主上さん、秀蘭様。ミックスジュースを用意しとります。よう冷えてますから、飲みましょ。今日はキレイな盃をもろたんですよ」

蓮華は特製クーラーボックスから、銀の水差しを取り出す。もちろん、中身は甘くて美味しいミックスジュースだ。せっかくなので、遼淑妃からもらったガラスのコップを使うことにした。革の切れ端を加工したコースターもつける。

「ああ、鴻徳妃。私が!」

陽珊を同席させていないため、朱燐が慌てて給仕役を代わった。葱焼きを焼くのは、蓮華にしかできないが、コップにジュースを注ぐのは朱燐にもできる。やはり、妃が自ら食物をよそうのは、マナー違反という風潮が強い。

朱燐はミックスジュースを三人に配った。天明に濃紺、秀蘭に深紅、蓮華に桃色だ。贈り主である遼淑妃の意を汲《く》んでいる。

三人が飲む前に、まずは颯馬と朱燐が同じ水差しに入っていたジュースを毒味した。

配られたコップを、天明が訝しげに観察した。葱焼きには手をつけないが、ミックスジュースは飲みたいのだろうか。

「この盃は……贈与品か?」

「ええ。遼淑妃が、今日の会食にどうぞ言うて」

「遼淑妃……」

「あの、なにか?」

あるぇー? 流れ変えたつもりやったけど、なんか悪いことした? むずかしい顔で腕組みをした天明に、蓮華は苦笑いで誤魔化すことしかできなかった。

「いや……」

もうどないせいっちゅうねん。蓮華は自棄《やけ》になりながら、桃色のコップを持ちあげる。ああ、ほんまにキレイなコップ。そのまま口をつけようとする。

「……飲むな」

突然、天明が低い声で告げる。蓮華は思わず、ピタリと動きを止めた。

「お前の飲み物は、毒入りだ」

は？　なんで？　今、毒味しましたけど？　毒味を担当した颯馬と朱燐が顔を見あわせていた。

天明は間を置かずに、いきなり自分のジュースを飲みはじめた。たった今、毒入りだと言ったばかりなのに。豪快な飲みっぷりだった。そのまま彼は、秀蘭の前に置いたジュースまで奪ってしまう。こちらも、飲んだ。イッキコールしたい。

「はあ……」

甘くて美味しいミックスジュースとはいえ、二杯も一気に飲めばダメージになるだろう。天明は緩慢な動きになりながらも、最後に蓮華のコップを取りあげる。

だが、今度は飲まない。

蓮華のジュースだけは、池に向かってコップごと放り投げた。

「この盃は、お前が使うように言われたのではないか？」

静かな声音だった。威圧感があり、今すぐ答えなければ押しつぶされそうだ。

「……主上さんと、秀蘭様、それにうちを象徴したお色を選んだと……聞きました」

蓮華は怖くなりながら、投げ入れられたコップの行方を捜す。水に白っぽい液体が漂っているので、すぐにわかった。コップは池に沈み、中に入ったジュースによって……死んだ魚が池に浮いていた。

蓮華のジュースにだけ、毒が入っていたのである。

後宮へ来て、初めて毒を盛られた。その事実におののいて、蓮華は急に足腰から力が抜ける。

「な、なんで……?」

なぜ、蓮華にだけ毒が……。

「遼家は反皇太后派だ」

そうだ。遼家は凰朔国の旧家で、秀蘭の政で地位を落としている。秀蘭のことを面白く思っていないだろうと、蓮華自身も推測していた。

「だからって、なんでうちを——あ」

これは天明に対して選択を迫ったのだ。

当初、天明は秀蘭が蓮華を脅かすことで、反旗を翻す大義名分としようとしていた。だが、実際はそうなっていない。秀蘭と蓮華は打ち解けてしまい、計画は流れた。

しかし……秀蘭との会食中に、蓮華が毒殺されてしまえば、どうだ。そして、その現場にいた天明が、「寵妃を殺したのは皇太后である」と断ずる。凰朔では皇帝は天であり、発言は絶対だ。

旗揚げの理由には充分だった。強引な屁理屈《へりくつ》だが、それがまかり通る。ロクな調査もされず、蓮華の死は秀蘭による毒殺と断定されるだろう。

遼家としては、天明に「チャンスを与えた」という形だ。

「遼淑妃が……」

恐ろしすぎやろ、後宮……蓮華は身体の震えが止まらなくなっていた。遼淑妃とは、何度もタコパをしている。ユニフォームを渡してキャッチボールもした。そのような相手から、毒入りコップを渡されるとは思わない。

「……すまん、巻き込んだ」

震える蓮華の前に、天明が膝をついた。いつの間にか腰が抜けて座り込んでいたようだ。情けない。

しかし、初めて天明から謝罪の言葉を聞いた。そして、気づく。天明は蓮華の命を救ったのだ。

つまり……計画通りに、秀蘭を斃すのはやめたということである。天明は自らの意思で、母親を殺さぬ道を選んだ。

あれ？　これって……すごいええことなのでは？　怖かったけど、めっちゃええ方向に話が進んでいるのでは？

「天明」

ことの顚末《てんまつ》を見ていた秀蘭が立ちあがる。動作が静かすぎて恐ろしい。まるで音がしなかった。

「本当にあなたは、帝位に相応《ふさわ》しくないのですか?」

秀蘭の質問は鋭かった。一難去って安堵《あんど》していた空気が再び、ピリリと刺すように変化する。これ以上は勘弁してほしい。

「私は……あなたには、その才があると確信しています」

否定など許さぬ雰囲気だった。

「そうでなければ、情だけであなたを守ろうとは思わない。事実、私は前帝を見殺しにしました」

典嶺帝は最黎皇子に謀殺されている。秀蘭は計画を察していながら、あえて見殺しにしたのだ。

典嶺の治世は安定していた。だが、彼は致命的に秀蘭への執着が深かったのだ。ゆえに、周囲の反対を押し切って秀蘭を正妃にした。さらには、最黎を廃して次代の皇帝を強引に天明にするよう手を回したのだ。そのために、最黎から謀殺されることとなった。

秀蘭は典嶺は善い皇帝だと確信していた。だが、いくら善政を行っていても、女におぼれ、判断を誤るべきではない。最黎の弑逆《しいぎゃく》を許すなど、詰めの甘さの表れだ。もう典嶺の治世に将来はない。

「では、なぜ……最黎を」

その判断ができたなら、なぜ最黎を選んでくれなかった。

どうして、天明を生かしたのだ。

天明には、秀蘭の選択がわからないようだった。

「私は最黎ではなく、あなたの治世が見たかったのです」

「は？」

それだけ？　と、天明の顔が語っていた。

秀蘭の顔は優しい母の笑みに戻っている。

「きっと、私が言うよりも、彼に説明してもらったほうがいいでしょう——これを。今なら、あなたに読ませても平気ですね」

秀蘭が差し出したのは、一冊の書だった。使い古されており、頻繁に使用した痕跡が見える。紐で綴《と》じられた書物には、なにかを書き込んでいたようだ。

「これって」

蓮華も身を乗り出した。

「……最黎の字」

最黎の記した書。少しめくると、日付と短文が綴《つづ》られていた。これは日記であると、蓮華も気づく。天明は日記に目を通し、そのうち、みるみると表情を変えていく。

蓮華も文字を追う。

そこに吐き出された内容は、歪であった。

蓮華は天明から聞いた最黎の姿しか知らない。一切の歪みがなく、人間らしくない。穏和を装いながらも、無慈悲で非情。機械のようだと感じていた。

けれども、日記に映し出された最黎の姿はまったく印象がちがう。それを感じたのは蓮華だけではないだろう。天明のほうが衝撃を受けている。

日記に込められたのは屈折した感情であった。最黎の人間らしい苦悩が書かれている。

天明は聡い弟だ。宴席で毒に気づいたあとの行動は、齊貴妃を追い詰めるものであった。そして、天明は無意識のうちに、生きるための選択をしていた、と。

最黎にとって、天明は脅威である。天明が慕ってくれるのは本心かもしれない。だが、そうしなければ、きっと兄に殺されるということを察しているのだ。

天明にはその気がなかっただろう。しかし、最黎はそう感じ、弟の存在をずっと恐れていた。そもそも、帝位争いになったとき、正妃の子である天明は無視できない。いくら無能として過ごしていても、継承順位は上位なのだ。皇帝も天明に継がせたいという意向が強かった。

最黎にはないものを天明は持っている。

物事に対して損得で機械的に判断を下す最黎よりも、天明のほうが人道に則《のっと》って熟慮する傾向にあった。お互いのそれは長所でも短所でもある。最黎ならば切り捨てるものを、天明はすくいあげるのだ。積み重なれば、人望という形となるだろう。

人の心を動かすのは、後者である。

国の頂点に立ったとき、万人に愛されるのは天明だ。最黎ではない。

官吏や貴族ではなく……民の幸福を考えれば、天明の治世のほうが救われる者が多い。その治世がきたとき、凰朔国は今とはちがう在り方になる。きっと、最黎には成し得ぬ偉業を残す。

「最黎……」

蓮華の目は、ある記述に釘《くぎ》づけになる。天明も、同じところを読んでいるようだ。

——天明の存在は恐ろしい。だが、その世を見てみたい気もする。

「…………」

天明は日記を乱暴に閉じる。

最黎は天明を恐れていた。同時に、彼の治世を見たいとも綴っている――だが、結果的に、天明を切り捨てる道を選んだ。その決断を下した最黎の心は、どうだったのだろう。

肉親同士でいがみあい、殺しあい、認めあっていたはずの兄弟も、わかりあえないまま別れてしまった。

蓮華は閉じた日記に視線を戻す。目頭が熱くなってきた。

「よかったやないですか」

けれども、蓮華は笑顔を作った。いつもどおりにニッコニコ笑ってみせる。まだ毒を盛られたショックは尾を引いているが、できるだけがんばった。

「主上さんはできる子やて、最黎様は認めてはったんやないの。主上さんが信じた人がそう言うんやったら、きっと大丈夫や」

天明は無反応だった。しかし、聞いている。

「外野がギャーギャー騒ぐよりも、よっぽど説得力あるでしょ。スタンドと一緒や。選手は観客の野次《やじ》なんか、聞く必要ない。監督の指示と、あとはプレイがすべてや。主上さんの監督が最黎様やったんなら、応えるんが選手なんやないの? あれ、この喩え、わかりにくいですかね……?」

最黎が天明に対して下した選択は残念だ。しかし、選ぶ過程において、最黎はしっかりと天明を認めていた。その評価は、蓮華や秀蘭のものよりも確実だろう。

「まあ、主上さん今までサボっとったからな。その辺りは、ちょっとずつがんばらなあかんと思うけど……お金の心配なら、せんでええで！　秀蘭様と、仲直りすることに決めたんやろ？」

「仲直り？　和解など……」

「さっき、うちの命を救ってくれたでしょ？」

「あれは……つい」

ついって、なんやねん。照れてんの？　蓮華が肘で小突くと、天明は煩わしそうに振り払う。

天明が政をする手段はいくらでもある。秀蘭と敵対する貴族と手を組む以外の方法だってあるのだ。もう秀蘭や周囲を欺く必要もない。皇城での政に参加し、少しずつ功績を立てて信頼を獲得すればいいのだ。

天明には、充分な能力がある。はじめは共同統治のような形をとり、徐々に秀蘭の役目を減らせばいい。

「そのために」

秀蘭は優雅な動作で、蓮華の手をとった。とても貧民出身とは思えないくらい洗練されている。きっと、皇帝の正妃として苦労して努力したのだろう。甘い蜜のような笑みも、うっかり魅了されそうだった。こりゃあ、前の皇帝の悪口言えんわ……。

「鴻徳妃、これからもよろしくおねがいします」

秀蘭に手をにぎられて、蓮華は嬉しくなる。

「もちろん!」

蓮華はバッと袖をまくって、力こぶを作ってみせた。

「鴻正妃と、呼んだほうがいいかしら?」

秀蘭の声は、冗談とは思えない響きだった。そういえば、最初は蓮華を正妃にしてくれるという話だった。それを徳妃に落とされたのだ。なるほど、正妃になったら後宮の面倒なルールも撤廃できるかも? 節約したり、商売の形態を変えたり?

「待て!」

女同士の結託にイチャモンつけたのは、天明だった。

「これは一時的に結んだ契約だぞ。この女を正妃になどしてたまるか!」

「あら、これ以上にお似合いの妃がいるとは思えませんが……それに、皇城の財源も無限ではなくてよ。鴻家の財力は、とても魅力的。国にとっての利を考えれば、悪くないでしょう?」

そう言われると、天明はなにも返せないようだ。これから新しい勢力と手を結ぶ必要があった。その相手として、鴻家はうってつけと言える。

「まあ、うちはえぇですよ。ゆくゆくは、野球を国民的スポーツにするのが目標やから。あと、粉もん。需要が増えたほうがコストも安うなるんですわ」

うんうん。お互いに有益である。

「お前は……どういう意味か理解しているか……？」

「？　あー……それより……うち、そろそろ限界ですわ……」

やせ我慢していたが、もう耐えられそうにない。蓮華の足腰から、今更のように力が抜けてヘナヘナと再び床に座り込んでしまった。まだ毒を盛られたショックが抜けきっていないのだ。足がブルブル震えて、しばらく立てそうにない。

無念にも、葱焼きパーティーは中断となってしまった。

せっかく上手く焼けたのに……。

三

拝啓、お父様。

儲かってはりますか。ぼちぼちやったら、えぇですな。

久しぶりにお手紙を書いてみました。後宮での近況のご報告です。とはいえ、以前のお手紙から、代わり映えはしません。あいかわらず、徳妃の生活は楽しいですし、後宮も悪くはありません。これだけでは手紙の紙がもったいないでしょうから、後宮での一日について書きましょうか。

まず、朝起きたら軽く運動します。庭に芙蓉殿の人間が並び、私の鼻歌にあわせて一斉に体操をはじめます。ほかの殿舎でも、似た光景が見られるようになりました。適度な運動は、健康にも美容にもいいので、非常に健全な習慣やと思います。

朝ご飯を食べたら、たこ焼き屋の開店準備です（ところで蛸、なんとか手に入りませんか？　ほんま頼みますわ）。なにせ、買いにくる人数が増えましたので。お父様でしたら、一日の仕入れ量からお察しいただけるかと。お好み焼きも好評ですわ。

しかし、店の従業員が準備をしている間、私にはほかにやることがあります。商業区への買いつけです。食材は鴻家から入ってくる手はずになっとりますが、諸々の交渉は他人にまかせられないのです。陽珊にも同じ交渉ができるよう、今訓練しとる最中ですわ。しかしながら、やはり陽珊には押しが足りません。もっと、ガッと値切って、バッと買う度胸がほしいですね。凰朔国の人間は、ちょっとお上品すぎやねん。

あ、そうそう。忘れるとこでしたわ。

主上さんとは――。

「おい……」

書きかけの手紙から、蓮華は顔をあげる。

「あ！　意外と早かったんやね！」

夜になると、蓮華は女官に身体を拭かれる。そうして、着替えが済むと寝所へと移動するのだが、天明が来るまで少し時間がありそうだったので、手紙の続きを書いていたのだ。鴻家の父宛てだ。大した内容ではないが、いや、大した内容でもないから、さっさと片づけたかった。

「久しぶり、儲かってはりますか？」

「別に商売はしていない……」

「そこは、ぼちぼちでんなぁって返すんやで。お約束ですわ」

「そんな約束は知らぬ」

天明は息をつきながら、適当に腰かける。

毎日後宮通いをしていた皇帝が、皇城にいる。これが最近のトレンドであった。

最初は「鴻徳妃に飽きたのでは？」と噂されたが、だんだん周囲も理解してくる。

一切を投げていた皇帝が、政に顔を出すようになったのだ。気まぐれでもない。

天明が後宮に来るのは、数日に一度となっていた。人々は「どこか具合が悪いのでは？」「しかし、よい方向に変わられているし……」「悪い話ではない」と、戸惑いながらも順応していた。

きっかけが、蓮華にあると噂する者もいる。そのせいか、蓮華はなぜか「皇帝を矯正した救世主」とかなんとか持ちあげられているらしい。救世主……助《すけ》っ人《と》外国人みたいで、なんか頼もしい。

けどな、「バース再来」や「バース二世」という謳い文句は地雷や。そう謳われた助っ人外国人は尽《ことごと》くバースにはなれんかった。せやから、ちょっとだけフクザツ。

「まあ、いい。手紙でもなんでも書いていろ」

天明はあいかわらずの蓮華など放置して、寝床に身を横たえる。

彼は元々、「エア遊び人」だ。しかし、女遊びをやめたからと言って、後宮が不要にはならない。そもそも、後宮は皇帝の世継ぎを産むための場所だ。決して、後宮リーグ、通称「コ・リーグ」の選手を育てる場ではない。

そういうわけで、皇帝である天明がまったく後宮に寄りつかないのも問題なのだ。世継ぎは追い追い考えるとして、別の寵妃《お気に入り》ができるまでの間、蓮華は天明に寝床をレンタルすることにした。

蓮華だって、前と変わらず商売の許可をもらっている。天明との契約が終わったのに、蓮華だけが利益を得るのは理に反するだろう。しゃあなしやで。

「主上さん、寝た?」

天明の寝つきはいい。すぐに動かなくなったので、蓮華は問うてみる。案の定、寝息で返事をされた。

蓮華は好奇心で、寝床のそばへ近づいた。

あいかわらず、顔はいい。整った顔立ちは、目を閉じていてもぼうっと見てしまいそうだった。母親の秀蘭があの美魔女だ。当然だろう。というか、後宮の美女との子やし、皇族みぃんなイケメンなんやろな。

「飴ちゃん、置いとくで」

蓮華は天明の顔の横に、そっと飴を置く。今日は桃味にしておいた。

天明がごはんを食べる顔を見るのは、好きだ。きっちりと、お好み焼きなら二枚完食してくれる。素直に嬉しかった。秀蘭との関係も良好で……もう、最黎への想いで悩まされている様子はない。亡霊のようにつきまとった兄の影から解放されている。

中止となった葱焼きパーティーから、蓮華は少しの間だけ食が進まなかった。毒味に裏切られたという天明の気持ちをようやく理解する。なにを食べるのも怖いし、なにを食べても味がしない気がしたのだ。

ゆーて、三日で元通りになったけど。気にしたってしゃあない。

遼淑妃については、処罰されることになった。しかしながら、毒を盛った罪での処罰ではない。

彼女はあくまで、こう主張した。

――あれは商人から買い、鴻徳妃へ渡したものです。気づいたとき、商人はすでに自死しておりました。

そんな理屈、通るん？　蓮華は耳を疑った。だが、証拠はない。蓮華のコップにだけ毒が盛られていたという状況証拠だけだ。当のコップは池に沈めたことで、ジュースに毒が入っていたのか、コップに塗られていたのか、わからなくなってしまった。

結果、遼淑妃は知らぬまま毒物を蓮華に贈与してしまった罪に問われた。正一品から、九嬪への降格で済んだ。呼び名も、もう淑妃ではなくなった。後宮で位が下げられるのは厳罰であるが、正一品への毒殺未遂としては軽すぎる。

これには、秀蘭や天明、そして遼家のパワーバランスも関係するらしい。いくら秀蘭の政によって地位を落とした遼家であっても、このように言い逃れされては罰せない。ことに、天明は彼らと組んでいた事実を公にしてはならないのだ。まんまと逃げられたわけである。

後宮は怖い。改めて実感した。

だが……蓮華は、こうも思う。あの幼顔の遼淑妃がひどい目に遭わなくてよかった、と。少しでも関わりがあった人間が悲惨な目に遭うなど、嫌だ。

厳罰に処されていた場合……おそらく、蓮華は減刑を求めただろう。だって、後味悪いし……こういうところが、天明からお人好しだと誹られるのだ。

きっと、大阪のオカンだって「助けたり！」と言うはずである。蓮華はそういう人間として育てられた。

前世でも、今世でも、蓮華の本質は変わらない。この性格のせいで、危ない目に遭ったりしても……それはそれで、本望だ。

オカン、元気にしとるかなぁ。急になつかしくなってきたわ。

鴻家のお父ちゃんに手紙書いたら、オカンにも書くか。届かへん手紙やけど。

オカン。うちは今日も元気やで、っと。

―本書のプロフィール―

本書は書き下ろしです。

小学館文庫

大阪《おおさか》マダム、後宮妃《こうきゅうひ》になる！

著者　田井《たい》ノエル

二〇二〇年九月十三日　初版第一刷発行
二〇二一年九月　一日　第三刷発行

発行人　飯田昌宏
発行所　株式会社　小学館
〒一〇一-八〇〇一
東京都千代田区一ツ橋二-三-一
電話　編集〇三-三二三〇-五六一六
　　　販売〇三-五二八一-三五五五
印刷所――凸版印刷株式会社

この文庫の詳しい内容はインターネットで24時間ご覧になれます。
小学館公式ホームページ　http://www.shogakukan.co.jp

ISBN978-4-09-406816-0